PHÆNOMEN
Plus près du secret

Erik L'Homme

PHÆNOMEN

Plus près du secret

GALLIMARD JEUNESSE

À Sélénia pour son exigence et son soutien,
à Jean-Philippe pour sa patience et son amitié.

Merci à Magali pour les repérages londoniens,
à Bernard pour ses mises au poing.

In summa : en résumé

Claire, Violaine, Nicolas et Arthur sont quatre adolescents atteints d'étranges troubles du comportement : Arthur est sujet à de fréquentes crises d'autisme. Nicolas fuit la lumière. Violaine ne supporte pas qu'on la touche. Claire a de gros problèmes d'équilibre.

C'est pour cela qu'ils ont été confiés à la Clinique du Lac, spécialisée dans les cas désespérés. Mais dans cet établissement un seul homme, le docteur Pierre Barthélemy, dit le Doc, s'intéresse à eux et leur manifeste de l'affection.

Aussi, lorsque le Doc est enlevé par trois hommes sinistres, les adolescents décident de s'enfuir de la clinique et de partir à sa recherche.

Au cours de cette quête, ils découvrent que leur handicap peut se transformer, à force de courage et de volonté, en pouvoirs extraordinaires. Arthur dispose d'une mémoire prodigieuse, Violaine parvient à soumettre les gens à sa volonté, Nicolas distingue les radiations infrarouges et Claire est capable de se déplacer extrêmement vite.

Ces pouvoirs, ils en ont bien besoin pour affronter Clarence, Matt et Agustin, les ravisseurs du Doc !

L'inquiétant trio dispose en effet des moyens considérables fournis par la NSA, une agence américaine de renseignements. Clarence, le chef, est un homme intelligent et efficace, qui éprouve une admiration croissante pour les adolescents. Agustin, lui, est persuadé que ce sont des monstres qu'il faut éliminer.

Triomphant de toutes les embûches, Violaine, Claire, Arthur et Nicolas découvrent le secret du Doc : ancien psychiatre au service de la NASA, Pierre Barthélemy détient la preuve que les Américains ne sont jamais allés sur la lune ! À cause d'une présence non identifiée, vraisemblablement extraterrestre.

Les quatre amis ne peuvent en apprendre davantage. Clarence leur confisque les preuves embarrassantes en échange de la libération du Doc.

Mais ces adolescents, qui se sentent parfois si peu humains, restent bouleversés par cet incroyable secret...

I.

Instare : poursuivre, importuner

Les chiffres. Les chiffres sont comme des gouttes d'eau, qui font ploc ploc à l'intérieur de ma tête. Je ne sais pas combien de fois ils me sont venus en aide, débarquant en renfort quand mes trois singes étaient sur le point de se faire déborder, ou bien au contraire, m'évitant d'avoir à les dessiner, ce qui est parfois pratique quand on ne dispose d'aucun mur blanc ! Je ne sais comment l'expliquer, mais il existe entre les chiffres et moi une complicité, et pourquoi avoir peur de le dire ?, une tendresse. Les chiffres ne me cachent rien, ils se dévoilent à moi totalement nus. En fouinant l'autre jour dans la bibliothèque d'Antoine, Nicolas a découvert un poème qui l'a bouleversé : c'était « Voyelles », d'Arthur Rimbaud. Rimbaud, ai-je commenté, qui aurait pu s'appeler Rainbow tant sa poésie contient de couleurs. Moi, c'est en passant devant un kiosque à journaux que j'ai eu mon illumination. Ne riez pas ! C'est là, en effet, que j'ai acheté mon premier recueil de sudokus…

– On te tient, fouineur !

– Tu croyais nous échapper longtemps ? On connaît ces couloirs mieux que toi !

– Et puis d'abord, tu vas où comme ça ? T'as une planque, là-dessous ? T'es en fugue ? T'aurais dû nous en parler, venir nous voir.

– Ouais, comme qui dirait, c'est à nous ici, tout le coin. Depuis les rails jusque-là, aussi loin qu'on peut aller dans le noir !

Les voix avaient surgi des couloirs alentour. Arthur

accusa le choc, les jambes pantelantes. Son cœur faisait des bonds énormes dans sa poitrine. Quelle frousse ! Le parcours était éclairé par des appliques grillagées, mais de trop faible intensité pour dissiper complètement les zones d'ombre. Des ombres ! Voilà, c'étaient des spectres d'en dessous qui le narguaient ! Venus pour se venger de quelque sacrilège... Malgré la fraîcheur qui régnait sous le béton, le garçon sentit des gouttes de sueur perler sur son front.

« Du calme, se répéta-t-il en lui-même. Ce ne sont pas des créatures diaboliques et je n'ai rien d'un profanateur. Bon sang, même Claire ne penserait pas à des idioties pareilles ! Il s'agit seulement de pauvres types à moitié saouls. Sûrement ces gars que l'on voit traîner de temps en temps près des rails. »

Quelqu'un bougea devant lui et, quittant l'abri de l'ombre, se plaça sous la lumière pâle d'une ampoule. Il y eut des frottements contre les murs. Tout à coup, les fantômes s'évanouirent, cédant la place à des êtres de chair et d'os. Arthur vit alors clairement à qui il avait affaire : cinq clochards, dépenaillés mais droits sur leurs jambes, et pas encore ivres.

– Qu'est-ce que vous me voulez ?

Il n'obtint qu'un ricanement en guise de réponse et sentit un frisson glacé l'envahir.

– Ce qu'on veut ? Dis-lui, Pierrot !

– Des excuses. On veut des excuses, loupiot.

Arthur avala péniblement sa salive.

– Des excuses ?

– Ouais. Tu crois qu'on entre comme ça chez les gens ? Je fais que passer, pardon ! Trop facile. C'est comme les gens qui nous croisent, dans la rue, en faisant un écart et en évitant de nous regarder !

Arthur amorça sans même s'en rendre compte un mouvement de recul. Il ne comprenait pas ce que les clochards voulaient mais il ne croyait pas à cette histoire d'excuses. Il avait pénétré sur leur territoire, ça c'était certain. Il s'était aventuré dans le domaine d'une meute... Alors, de l'argent, peut-être ?

– Faites gaffe, il cherche à se défiler !

Arthur entendit derrière lui le souffle rauque d'un homme qui avait couru.

– Ça ne risque pas, grogna le clochard qui arrivait dans son dos.

– Enfin, écoutez-moi, c'est ridicule ! tenta désespérément le garçon. Il doit y avoir un moyen de s'arranger. J'ai de l'argent...

– On s'en fout de ton argent, ricana l'un des hommes en face.

– Tu nous prends pour des voleurs ? hurla un autre. On veut du respect, voilà ce qu'on veut ! Faut pas faire comme si on n'existait pas !

« Pour une fois, songea amèrement Arthur, je regrette de ne pas être Violaine ou Claire ! À quoi me sert ma matière grise, maintenant ? »

L'espace d'une seconde, il s'imagina les poings fermés, son corps osseux tendu comme un arc, menacer les six hommes avec ses bras trop maigres. Grotesque ! Son seul atout, c'était son cerveau. Et vu les circonstances, c'était plutôt un handicap... Il risquait de passer un sale quart d'heure.

En même temps, Arthur ne pouvait s'empêcher d'éprouver de la pitié pour les hommes qui avançaient vers lui. Quelle avait été leur vie, avant de se retrouver en marge de la société, repoussés peu à peu, sans s'en rendre compte, vers la ligne rouge, frontière invisible mais plus terrible qu'un mur de prison entre ceux qui sont en deçà et ceux qui sont au-delà ? Et eux, eux quatre, où se trouvaient-ils par rapport à cette ligne rouge ? Tout proche ou... déjà de l'autre côté ? Il frissonna à cette pensée. Au moins, les clochards avaient un territoire à défendre. C'était un but, si dérisoire soit-il.

Les six hommes s'étaient arrêtés à moins de un mètre. Arthur ferma les yeux. Il refusa de se laisser submerger par la peur et pensa très fort à ses amis.

À Violaine, ses longs cheveux châtains, son visage carré et dur, son regard bleu foncé qui vous scrutait par-dessous. Violaine qui, à sa place, aurait souri, empoigné le bras d'un clochard et leur aurait intimé l'ordre de partir.

Il pensa à Claire, belle et fragile comme une fleur de printemps, ses yeux pâles immenses qui semblaient fixés sur d'autres mondes, ses cheveux d'or fins comme de la soie. Claire qui, à sa place, n'aurait eu qu'un pas à faire pour s'en sortir.

Il pensa à Nicolas, ses yeux moqueurs dissimulés derrière les épaisses lunettes noires qu'il ne quittait que pour dormir, ses cheveux blancs à force d'être blonds, sa taille d'enfant de dix ans quand il en avait bientôt quatorze. Nicolas qui, à sa place, n'aurait pas fait beaucoup mieux…

Cette idée le rasséréna. Nicolas s'était proposé, la veille, pour aller relever le courrier sur leur messagerie électronique. Il aurait donc dû être là et affronter les loqueteux. Mais lui, Arthur, il avait insisté pour sortir, malgré le mal au crâne que lui flanquait internet, et c'est pour cette raison qu'il se trouvait à présent en première ligne. C'était très bien comme ça. Il rouvrit les yeux et se raidit dans l'attente du premier coup.

– Ça suffit ! Laissez-le !

Une voix avait retenti dans les couloirs, vibrante de colère.

– Violaine ! s'écria Arthur.

Les clochards, stupéfaits, se retournèrent. Trois silhouettes se tenaient juste derrière, immobiles, à mi-chemin de l'ombre et de la lumière. Une fille grande et solide tenait par la main une fille blonde qui chancelait. À côté d'elles, un garçon de petite taille croisait les bras et arborait un sourire goguenard.

– Vous devriez lui obéir, dit le garçon en s'adressant aux hommes : conseil d'ami.

Les clochards étaient devenus nerveux.

– Pour qui ils se prennent, ceux-là ?

– Vous sortez d'où les gosses ? Vous devriez pas retourner chez papa-maman ? C'est dangereux de traîner dans le noir !

– Laisse ! On va tout régler en même temps, comme ça, on sera enfin tranquilles !

– Vous auriez dû m'écouter, soupira Nicolas. Moi, je vous ai prévenus…

Le chef de la bande s'avança vers Nicolas, dans l'intention évidente de le faire taire. Violaine fut plus rapide. Sans lâcher Claire, elle saisit le bras de l'homme qui s'arrêta net.

– Vous n'avez pas entendu ? siffla Violaine entre ses dents. Vous allez vraiment me mettre en colère !

Les yeux de l'homme s'écarquillèrent. Il blêmit.

– Hé, Pierrot, qu'est-ce qui se passe ?

Un deuxième clochard s'était approché, prudemment, et secouait son ami par l'épaule. Il s'arrêta net, brusquement secoué de frissons, puis poussa un gémissement rauque.

– Partez, maintenant ! commanda Violaine d'un ton cinglant, avant de lâcher le bras qu'elle tenait.

Les deux clochards n'essayèrent pas de discuter. Ils décampèrent en hurlant, suivis par les autres qui ne cherchèrent même pas à comprendre.

Nicolas se précipita vers Arthur.

– Ça va ?

– Oui, ça va. Ils m'ont juste fait peur. C'est ce qu'ils

voulaient, à mon avis. Je ne pense pas qu'ils m'auraient fait du mal.

– Violaine aussi leur a juste fait peur ! répondit Nicolas.

– Merci Violaine, dit Arthur à son amie qui s'était approchée.

– C'est Nicolas qui nous a conduits jusqu'à toi, c'est lui qu'il faut remercier.

– Je touche du bois, dit Nicolas en se tapotant le crâne, mes yeux ne m'ont pas lâché ! D'habitude, c'est quand j'en ai le plus besoin qu'ils font un caprice.

– Bon, soupira Arthur, puisque ni Violaine ni Nicolas ne veulent de mes remerciements, je vais les offrir à Claire.

– Moi ? s'étonna Claire faiblement. Pourquoi moi ?

– Parce que tu es venue aussi, alors que tu es fatiguée.

Claire lui adressa un sourire.

– Je ne suis pas fatiguée, Arthur. J'ai du mal à marcher en ce moment, c'est tout.

Violaine raffermit sa main dans celle de Claire.

– Rentrons, proposa-t-elle. Je ne pense pas que ces types aient envie de revenir, mais ce n'est pas la peine de prendre des risques.

Nicolas prit avec Arthur la tête du petit groupe. Les deux filles les suivirent, en retrait.

– Je les ai sentis, murmura Claire à son amie, j'ai senti la présence des dragons.

– Tu les as sentis ou... tu les as vus ?

– Sentis. À la façon dont ils froissaient l'air en bougeant.

– C'est parce que je te tenais en même temps, dit Violaine après une hésitation. Oui, c'est sûrement ça.

C'était l'explication la plus plausible et Violaine tout comme Claire s'en contenta. Ses rapports avec les dragons changeaient, elle le savait. Sans pouvoir dire pourquoi, ni où cela la conduisait. Quand elle avait pris le bras du premier homme, tout à l'heure, *pour entrer en contact avec son dragon*, les choses s'étaient déroulées normalement. Elle, *son chevalier de brume*, avait menacé le clochard, *l'ectoplasme lové autour de lui*, et celui-ci avait pris peur. Mais le deuxième homme ? C'est le premier, *le dragon du premier*, qui lui avait communiqué sa frayeur ! C'était nouveau : elle pouvait influer sur les autres sans les toucher directement. Par contamination. Il fallait qu'elle intègre ça et qu'elle y réfléchisse. En plus du reste. Elle n'y arriverait jamais...

Combien de temps parviendrait-elle à tout mener de front ? Essayer de comprendre ce qui se passait entre elle et les dragons aurait dû lui demander toute son attention. Elle utilisait des forces qu'elle maîtrisait mal, elle le savait. Mais il y avait Claire qui s'affaiblissait de jour en jour et dont elle devait s'occuper. Et puis Arthur et Nicolas dont elle devait calmer les imprudences. Violaine soupira silencieusement.

Devant, Nicolas sondait les couloirs de sa vision colorée. *Du noir*, du vide. *Du bleu*, des murs en béton, *clair près du sol froid et foncé au plafond, plus chaud*. Il distingua bientôt, derrière le mur d'un virage, une porte en fer, *tache jaune*, ouvrant sur un espace, *rougeâtre* : leur planque, leur endroit secret.

Arthur s'affala dans un fauteuil. Le mal de tête qui s'était emparé de lui devant l'ordinateur du cybercafé, comme chaque fois qu'il consultait la messagerie, commençait à dégénérer en atroce migraine. L'épisode des clochards n'avait rien arrangé. Il ferma les yeux, et se massa les tempes pour essayer de chasser la douleur.

Claire, aidée par Violaine, s'installa en tailleur sur le tapis épais qui recouvrait une partie de la pièce.

– Je vais faire chauffer de l'eau pour un thé, annonça Nicolas en se dirigeant vers le réchaud posé sur une table encombrée de nourriture.

Le garçon avait remis ses épaisses lunettes de soleil. Pourtant, la lumière que diffusait l'unique ampoule de la pièce était tamisée par un abat-jour improvisé.

Violaine s'assit sur l'un des quatre lits de camp disposés en carré autour du tapis. Un vide-grenier dans un arrondissement voisin leur avait permis de meubler leur refuge de façon spartiate mais suffisante, en tout anonymat. Quelques affiches de film sauvées d'une poubelle, quelques singes gribouillés de-ci de-là et plusieurs sentences écrites au marqueur rouge égayaient enfin les murs de béton gris de l'ancien local technique où ils avaient établi leur repaire, dans les sous-sols du quartier neuf de la BNF. Depuis qu'ils s'étaient enfuis de la Clinique du Lac, c'était le dernier endroit qui leur restait. Cela faisait longtemps que leurs parents ne voulaient plus d'eux, enfin, de leurs problèmes. Ils n'avaient nulle part où aller.

– Remis de tes émotions, Arthur ? demanda la grande fille.

– Oui, répondit-il en s'obligeant à ouvrir les yeux. Je me disais, ça serait peut-être bien d'aller voir les types de tout à l'heure et de discuter avec eux, de s'arranger pour avoir un droit de passage…

– Un quoi ? éclata Violaine. On est ici chez nous autant qu'eux ! On va quand même pas s'abaisser à…

– Cela ne nous abaisserait pas, la coupa Arthur d'un ton las. Tu sais, eux, ils n'ont que ça, un territoire, pour se sentir encore exister.

– Et nous, intervint Claire de sa voix douce, on a quoi de plus ?

– Je… enfin, nous…

« Nous on a le futur, on a encore notre vie devant », songea-t-il en occultant la douleur qui lui taraudait le crâne. Mais il ne dit rien. Il n'avait que des mots à offrir à son amie, et les mots, si jolis qu'ils soient, ne suffisaient pas toujours.

Violaine vint le tirer d'affaire :

– Tu as peut-être raison, ça ne coûte rien d'aller voir les clochards. Après tout, ce sont nos voisins les plus proches ! On le fera demain, promis.

– Merci, lui répondit Arthur avec reconnaissance. C'est important, je crois.

– Et le Doc ? demanda Nicolas de l'autre bout de la pièce. Il a répondu à notre message ?

– Le Doc... Ah oui, le Doc ! dit Arthur. Désolé, je pensais à autre chose. Oui, le Doc a répondu à notre message : DD 122303.

– Rendez-vous après-demain, à l'endroit habituel, midi, traduisit Violaine. Parfait !

– Parfait, répéta Arthur dans un murmure.

C'était un mot qu'ils n'avaient pas l'habitude de prononcer...

SE SOUVENIR DE L'AVENIR

(Sentence écrite au marqueur rouge sur l'un des murs de la planque.)

II.

In occulto : dans le secret

Il lui sembla que les dragons l'encourageaient. Elle s'arrêta pour souffler. Les sifflements et les feulements se firent plus insistants. Elle serra les dents et reprit sa progression. Sa reptation. Alors qu'elle aurait dû, logiquement, tourner le dos à la crypte et essayer d'atteindre la sortie, la lumière, elle se traînait sur le sol en direction des monstres. Elle cligna les yeux. Est-ce que c'était une illusion d'optique ? La crypte s'était éloignée ! Elle accéléra l'allure, s'écorchant les avant-bras contre la roche. Peine perdue, elle n'avait pas gagné un centimètre. Elle refoula un sanglot. Si elle était partie vers la lumière, la lumière aurait-elle fui elle aussi ? Était-elle condamnée à rester prisonnière de cette grotte ? Elle n'eut pas le temps d'y réfléchir. Un battement d'ailes déchira le silence. Un dragon fondait sur elle…

Violaine ouvrit les yeux en proie à la panique. Elle mit un moment à reconnaître l'endroit où elle se trouvait, plus longtemps encore à calmer les battements de son cœur. Elle bougea dans le lit de camp à la recherche de sa montre, qui avait glissé de sa poche quelque part dans le duvet. Il était encore trop tôt pour se lever et réveiller les autres. Elle resta donc allongée mais avec la ferme intention de ne pas se rendormir.

À force de nuits sans rêves, elle avait cru que ses cauchemars appartenaient au passé. Elle s'était trompée. Ils étaient revenus.

Elle essaya de ne pas y penser, ou plutôt, de réfléchir à ce qu'ils pouvaient signifier. Prendre du recul. Pour ne pas se laisser submerger... L'expérience nouvelle d'hier, voilà, c'était sans doute ça ! Elle recommençait à rêver de dragons parce que les dragons recommençaient à l'inquiéter. Mais quoi faire ? Se tenir à l'écart ? Ne plus toucher personne ? Trop tard. De toute façon, si ça continuait comme ça, elle n'aurait bientôt plus besoin de toucher les gens pour les atteindre.

L'image de l'ogre, de l'Américain qui s'appelait Matt et dont elle avait provoqué la chute en demandant simplement à son dragon de la rejoindre, fit irruption dans son esprit. Tout était parti de là. Elle se remémora la succession des événements.

Un, dans l'appartement d'Antoine, Matt combattait ses propres amis pour la protéger. Parce qu'elle s'était jetée dans ses bras et avait gagné l'affection de son dragon.

Deux, dans l'église en ruine d'Aleyrac, elle avait attiré Matt dans le vide en appelant son dragon. À distance. Le dragon l'avait reconnue ! Elle n'avait pas eu besoin d'un contact physique avec Matt. En tombant, l'Américain s'était brisé les jambes et le dragon avait feulé de douleur. Elle se rappelait cette souffrance, tout comme le regard de reproche que le monstre lui avait lancé. Jusque-là, elle n'imaginait pas que les dragons puissent avoir d'autres sentiments que ceux de leurs maîtres. Cette découverte l'avait bouleversée.

Trois, enfin, dans le sous-sol, elle avait attrapé le bras d'un clochard et donné l'ordre à son dragon de partir. Et ce dragon, tout seul, avait fait passer le mot à son congénère lorsque le second clochard avait touché le premier !

Elle en avait désormais la confirmation : les dragons possédaient une réelle autonomie, même si cette autonomie était limitée. Ou alors... Et si c'était les dragons qui avaient des humains, et non l'inverse ? Les humains visibles incarnant la personnalité des dragons invisibles ? Cela devenait délirant !

– Ma tête va exploser, grogna-t-elle à voix haute.

– Violaine ? Ça va ? chuchota Claire.

Violaine sursauta.

– Oui, répondit-elle sur le même ton. Je suis désolée de t'avoir réveillée ! C'est juste que je réfléchis trop.

– De toute façon, je ne dormais pas.

– Tu ne dors plus beaucoup en ce moment. Qu'est-ce qui se passe, Claire ? Je commence à m'inquiéter sérieusement.

– Rien. Je ne comprends pas ce qui m'arrive. Je me demande si…

– Si ?

– Si ce n'est pas l'influence de la ville qui me fait du mal. Du béton, de l'acier, du verre. Du goudron. De l'air mauvais. Je suis une sylphide, j'ai besoin d'eau vive et de vent vivant. D'arbres libres et de terre qui respire…

Violaine se mordit la lèvre. Leur amie se réfugiait chaque jour un peu plus dans un univers mental où ils avaient du mal à la suivre. Mais cette fois, il se pouvait bien qu'elle n'ait pas tout à fait tort. Claire était si fragile qu'un rien suffisait pour la déséquilibrer.

– Moi aussi, ma vieille, je ressens le besoin d'agir. Arthur et Nicolas, eux, n'ont qu'une envie : qu'il se passe quelque chose ! Ne t'inquiète pas, on va bientôt partir, s'aérer un peu. Ce n'est plus qu'une question de jours, je te le promets.

– Alors tant mieux, dit simplement Claire en se renfonçant dans son duvet.

« Partir, continua Violaine pour elle seule. Mais où ? Arthur pense que ce sera vers le futur, mais moi je crains que ce ne soit vers le passé. Peu importe, après tout, aller de l'avant ou de l'arrière. Aller est déjà beaucoup. »

Elle ne regrettait plus du tout leur décision de revoir le Doc. Un mois de recherches, sur internet et dans les bibliothèques, n'avait pas donné grand-chose et avait plutôt contribué à brouiller les pistes. C'était incroyable tout ce qui avait été écrit, de farfelu et de sérieux, au sujet des extraterrestres ! Oui, le Doc les aiderait à y voir clair, elle en était persuadée...

Arlington, Virginie - États-Unis. Le général Rob B. Walker gara son véhicule personnel à l'extrémité du parking nord, sur l'une des huit mille sept cent soixante-dix places de stationnement du Pentagone. Bien qu'en grand uniforme pour l'occasion, il effectuait ce déplacement à titre privé et avait préféré se passer de voiture officielle et de chauffeur.

Il ajusta sur son crâne la casquette qui arborait trois étoiles d'argent puis s'engagea sur la pelouse. Tournant résolument le dos à l'entrée principale, il se mit à longer le bâtiment d'un pas rapide.

L'homme était grand, son visage sévère. Il avait les cheveux gris, mais les exercices physiques auxquels il s'astreignait chaque jour lui donnaient encore l'allure d'un officier de terrain. Tout en marchant, le général songeait à l'étrange rendez-vous auquel il avait été convié. Quand même, utiliser le Pentagone pour une réunion pareille, voilà qui était culotté ! Et qui en disait long sur l'influence de ses nouveaux amis.

Il tomba sur un groupe de collégiens munis de badges, encadrés par leurs enseignants et des officiers de la maison.

– Cet édifice devant vous, les enfants, abrite le département de la Défense des États-Unis. Plus de vingt-six mille personnes, civils et militaires, y travaillent. Ashley, tu sais pourquoi on lui donne ce nom ? Eh bien, à cause de sa forme pentagonale, tout simplement ! Pour toi, Kevin, qui aimes les chiffres, cet immeuble de cinq étages comporte vingt-huit kilomètres de corridors. Il a été inauguré le 15 janvier 1943. C'est le plus vaste immeuble de bureaux du monde ! Il est constitué de cinq anneaux concentriques et a été construit avec du béton renforcé par une armature d'acier. Les façades ont été récemment renforcées avec du Kevlar. Le 11 septembre 2001, rappelez-vous, le Pentagone a été la cible d'une attaque terroriste d'al-Qaida...

La tirade, débitée sur un ton enthousiaste par l'une des enseignantes, une jeune femme au fort accent de Nouvelle-Angleterre, ne semblait intéresser que fort modérément les élèves, qui préféraient chahuter en ricanant ou en gloussant.

« Elle a oublié d'indiquer les coordonnées géographiques du centre : 38° 52′ 16″ Nord, 77° 03′ 29″ Ouest, grommela intérieurement le général. Et après ça, on s'étonne que nous soyons vulnérables ! »

Aux États-Unis, tout était accessible à tous, pour le meilleur et pour le pire. Cela énervait le général au plus haut point. Pour lui, moins les citoyens ordinaires en savaient et mieux le pays était protégé.

Le général répondit au salut des militaires qui s'étaient mis au garde-à-vous. Il vit trop tard l'enseignante qui reculait tout en continuant de parler. Le pied de la jeune femme heurta la bordure de ciment. Elle trébucha et se rattrapa à lui pour ne pas tomber.

– Je suis désolée, monsieur ! Quelle maladroite je fais ! Mais... Oh ! Les enfants ! poursuivit-elle ravie, voici un général de l'armée américaine ! Il porte trois étoiles d'argent, ce qui signifie que ce monsieur commande... commande quoi, Ashley ? Kevin ? Vous ne pouvez pas écouter cinq minutes, non ?

Réprimant un geste d'énervement, Rob B. Walker épousseta sèchement la manche de sa veste et continua sa route, sans un regard pour la maladroite et sa bande de gamins indisciplinés.

Dix minutes plus tard, il s'arrêta devant une porte banalisée qui s'ouvrit après qu'il eut frappé selon le code convenu. Dans un hall minuscule, il dut décliner son identité à deux hommes en civil que ses étoiles n'impressionnaient guère. Ils confrontèrent ses empreintes digitales à celles de leur fichier. Ayant satisfait aux contrôles, le général fut autorisé à poursuivre. Guidé par des marques discrètes sur les murs, il s'engagea dans un couloir puis descendit des escaliers métalliques jusqu'au sous-sol. Il marcha encore un moment avant de buter contre une nouvelle porte. Il tapa trois coups secs et elle s'ouvrit.

Le général mit un moment à s'accoutumer à la pénombre. Il découvrit bientôt une salle aux murs de béton brut, sans plâtre ni peinture, uniquement meublée d'une grande table rectangulaire. Dix personnes y étaient assises. Elles portaient toutes un masque, et les masques étaient tournés vers lui.

– Approchez-vous, Rob.

La voix qui venait de s'adresser à lui, même déformée par le masque, ne lui était pas inconnue. Mais il n'aurait su dire où il l'avait entendue. Le général se sentait fébrile comme un collégien à son premier bal...

Il était en face du MJ-12. En face des hommes les plus puissants des États-Unis et peut-être même de la planète. C'était en tout cas ce qui se disait. Et il avait le privilège, lui, d'être invité à l'une de leurs réunions !

Rob B. Walker dissimula tant bien que mal son émotion et avança jusqu'à la chaise vide qui l'attendait en bout de table. Il s'y assit sans dire un mot.

– Vous le savez, Rob, expliqua la voix, le MJ-12 et ses membres, les Majestics, alimentent bien des fantasmes dans ce pays. Mais cette organisation n'existe pas.

« Bien sûr qu'elle n'existe pas, songea le général. C'est la plus belle ruse du diable, n'est-ce pas ? Être arrivé à faire croire qu'il n'existait pas... »

C'était pourtant vrai que le MJ-12, inconnu du grand

public, faisait régulièrement parler de lui dans toutes les sphères du pouvoir. À la façon dont on évoquait, mi-sérieux mi-amusé, les monstres des placards ou encore le Père Noël ! On attribuait aux Majestics tout ce qui ne tournait pas rond dans le pays, également tout ce qui paraissait incroyable.

– Le MJ-12 n'existe pas, continua la voix de l'homme masqué, mais il comporte, comme son nom l'indique, douze membres. L'un des nôtres est en mission. Nous sommes actuellement onze Majestics. Nous avons pensé à vous pour être le douzième.

Le visage du général accusa le choc. Ses yeux papillonnèrent un bref instant.

– Cependant, nous ne savons pas encore dans quelle mesure vous faire confiance. Lorsque vous aurez réussi votre première mission, les ombres se lèveront sur notre groupe et vous en ferez entièrement partie. *In occulto*, bien sûr.

– Une mission ? demanda le général après s'être raclé la gorge.

L'un des hommes autour de la table lui passa un mince dossier rouge. Le général s'en saisit. Sur la couverture étaient écrits deux mots au marqueur noir.

– Quatre Fantastiques... C'est une blague ?

– Oui. Mais c'est aussi le nom de code de l'opération dont vous êtes responsable. Il s'agit de retrouver quatre jeunes Européens en fuite. Ceux-ci ont une grande valeur pour nous. Nous les voulons vivants, absolument vivants. Vous trouverez toutes les informations dont nous disposons dans cette chemise.

– Puis-je compter sur des crédits ?

– Illimités.

– Des moyens...

– Ceux que vous jugerez utiles. Officiels et officieux. Ah, une dernière chose : nous ne nous reverrons plus avant la fin de l'opération. Maintenant, Rob, si vous aviez la gentillesse de nous laisser, nous avons encore des choses à nous dire !

Le général paraissait perdu dans ses pensées. Retrouver quatre gamins... À quoi jouait-on, ici ? Pourquoi lui confier une mission aussi dérisoire ? Il éprouva une vive déception. Soudain, il prit conscience que les dix masques le fixaient en silence.

Il se leva précipitamment. Son excitation reprit le dessus.

– Je vous laisse, bien sûr ! Et je vous contacte très rapidement.

– Nous y comptons. Bonne chance, Rob.

Rob B. Walker eut besoin du trajet de retour par les escaliers et les couloirs pour retrouver son calme. Le MJ-12. Les 12 Majestics. Et il allait en faire partie ! S'il réussissait la déroutante mission qu'on venait de lui confier. Il ne savait pas si ces gosses qu'on lui demandait de retrouver avaient une importance réelle ou s'il ne s'agissait que de le tester, lui. Mais, à la réflexion, la réponse pouvait attendre. Il ferait ce qu'on lui demandait et il réussirait.

Une fois à l'air libre, il courut presque jusqu'à sa voiture. Il n'avait qu'une hâte : rentrer à la maison, se servir une bonne bière et éplucher le dossier qu'on lui avait remis. Il enverrait ensuite en Europe des hommes à lui, des hommes loyaux pour régler l'affaire. Il contacterait également, pour le cas où un plan B serait nécessaire, un homme de main capable. L'utilisation de mercenaires par l'armée US était fréquente, il avait l'habitude de ces têtes brûlées. C'est pour cela qu'il ne s'en servirait qu'en cas de nécessité. Le général Rob B. Walker comptait mettre toutes les chances de son côté pour que l'opération soit un succès. MJ-12. Ce nom résonnait en lui comme la promesse d'une fin de carrière palpitante...

Quelque part en Nouvelle-Angleterre - États-Unis. À des centaines de kilomètres d'Arlington, confortablement installé dans une pièce bourrée de matériel informatique dernier cri, un homme enleva de ses oreilles une paire d'écouteurs. La lumière était trop faible pour qu'on distingue ses traits, mais ceux-ci étaient soucieux. L'homme médita un long moment sur la conversation que le micro-mouchard, accroché par l'un de ses agents sur la veste du général Rob B. Walker, lui avait transmise. Puis il prit sa décision. Il écrivit un bref message au clavier de son ordinateur, hésita une fraction de seconde puis appuya sur la touche envoi.

Les dés étaient jetés. Il avait lâché le grain de sable dans les rouages de la mécanique qui venait de se mettre en marche.

Il semblerait que la chasse soit rouverte. Infos suivent. Mot de passe : *In occulto*. Bonne chance...

(Courriel envoyé depuis la Nouvelle-Angleterre à un mystérieux destinataire en Europe.)

III.

Comparativo, onis, f. : confrontation

L'autre jour, dans la bibliothèque d'Antoine, je suis tombé par hasard sur un livre. C'est la photo de couverture qui m'a attiré. Elle représentait un jeune homme aux yeux très clairs, des yeux qui regardaient ailleurs. Quand je dis ailleurs, c'est vraiment ailleurs. J'ai commencé à le lire et j'ai compris que c'était un recueil de poèmes. Des poèmes écrits par le type en photo sur la couverture et qui s'appelait Arthur Rimbaud. « Il aurait pu s'appeler Rainbow » (ce qui signifie « arc-en-ciel » dans la langue de Batman, je préfère le préciser pour ceux qui comme moi sont nuls en anglais !), m'a soufflé mon Arthur personnel. Effectivement. J'ai tout de suite accroché à ses poèmes et je me suis retrouvé ailleurs, à la fois loin d'ici et dans un monde très familier. Bref, impossible à expliquer. Mais quand j'ai découvert le poème intitulé « Voyelles », j'ai cru que mon cœur allait s'arrêter de battre. Je n'ai jamais rien lu de si beau. Ni de si vrai. Je pensais que j'étais le seul à mettre des couleurs sur les choses. En fait, je n'étais même pas le premier…

Nicolas s'amusait à balancer d'avant en arrière la sacoche qu'il tenait à la main. Les rues étaient mal éclairées, mais il s'en moquait. Si le quartier avait été moins sinistre, il s'en serait même réjoui : la Ville lumière était beaucoup trop lumineuse à son goût !

– Arrête de jouer avec l'argent, lui dit Arthur tout à coup. Il y a une petite fortune là-dedans.

– Bah, l'argent, on peut en avoir autant qu'on veut !

– Ce n'est pas une raison pour s'amuser avec.

Leurs voix avaient brisé un silence tout relatif.

La rumeur des postes de télévision franchissait la barrière des fenêtres. Au loin, on entendait le bruit des voitures roulant sur le périphérique. Nicolas jeta un regard en biais à son ami.

– Et toi, tu ne t'amuses pas avec, peut-être ? le taquina-t-il.

Arthur était toujours sérieux. Ce qui n'était pas drôle tous les jours !

– Ça n'a rien à voir, répondit-il. Et je ne suis même pas sûr de vraiment m'amuser en gagnant mes parties.

– En écrasant tes adversaires, tu veux dire ! Tu vas bientôt ruiner tous les joueurs de sudokus qui s'aventurent sur internet en se prenant pour des professionnels...

Nicolas se disait qu'il arriverait bien à ouvrir une brèche chez Arthur et à le faire rire. Mais c'est l'inverse qui se produisit. Un pli soucieux barra le front du grand garçon.

– Tu as tout à fait raison, Nicolas. Je pense que je devrais m'arrêter. Je vais finir par attirer l'attention. Ça serait facile à des gens mal intentionnés de remonter jusqu'au compte bancaire ouvert pour nous par Antoine.

– Ça serait surtout dommage qu'Antoine se fasse encore une fois tabasser à notre place ! ne put s'empêcher de lancer Nicolas. Avec le Doc, c'est le seul adulte sympa qu'on connaisse.

– Sympa, ajouta Arthur, le mot est faible je trouve ! On peut débarquer chez lui n'importe quand, on lui pique son Nutella, il nous a ouvert ce compte pour qu'on soit indépendants... C'est peut-être l'ex-beau-frère de Violaine, rien ne l'oblige à nous aider comme il le fait !

Nicolas s'arrêta soudainement à l'aplomb d'un réverbère.

– Je les vois, chuchota le garçon dont la vision avait basculé sans qu'il le décide, instinctivement, en même temps qu'une décharge d'adrénaline lui avait fouetté le cœur.

Trois hommes, *trois silhouettes rougeâtres*, se dissimulaient dans une ruelle perpendiculaire, *à l'abri d'un mur bleu-gris*.

– Qu'est-ce qu'on fait ? demanda Arthur avec une pointe d'inquiétude.

– Ce qui était prévu, dit Nicolas. Pas de panique, surtout. On applique le plan. Et on ne s'éloigne de ce réverbère sous aucun prétexte. Tu es prêt ?

Arthur acquiesça. Nicolas haussa la voix à l'adresse des trois hommes :

– On a l'argent ! On n'ira pas plus loin !

Les trois hommes apparurent dans la rue et marchèrent jusqu'à leur hauteur. On distinguait à peine les visages sous la capuche de leurs blousons, mais ils semblaient contrariés.

– Y a trop de lumière, ici, c'est dangereux, dit l'un d'eux.

– Ah ! dit Nicolas avec un grand sourire, moi aussi je trouve qu'il y a trop de lumière. On va faire vite, alors. Vous avez l'enveloppe ?

– Vous avez l'argent ?

– L'enveloppe d'abord, insista Nicolas.

Les hommes ricanèrent.

– Qu'est-ce qui nous empêche de vous cogner dessus, là, tout de suite, et de vous piquer l'argent ?

Nicolas fit mine de réfléchir. Puis il claqua des doigts et son sourire s'accentua.

– Je sais ! Ce téléphone portable équipé d'une caméra haute définition, qui vous filme depuis le début ! Et qui transmet les images en temps réel à nos amis !

Trois têtes se tournèrent vers Arthur qui prit un air désolé en exhibant l'appareil.

– Il dit la vérité, confirma-t-il. En cas de problème, nos

amis n'hésiteront pas une seconde à aller trouver la police avec cet enregistrement.

– Nos visages sont cachés, ricana l'un d'eux. Il vaut pas un clou, votre film.

– À vous de voir, dit Nicolas calmement. Vous pouvez toujours tenter votre chance.

Les trois hommes se consultèrent du regard.

– Un autre soir, on l'aurait sûrement tentée, grogna le porte-parole en tendant une grosse enveloppe à Nicolas. Mais là, on n'est pas d'humeur à torturer des gosses.

– Trop aimable, répondit Nicolas en lui donnant la sacoche contenant les billets.

Le garçon n'eut pas besoin d'ouvrir l'enveloppe. Ce qu'ils étaient venus chercher se trouvait à l'intérieur.

L'homme, lui, vérifia et recompta rapidement l'argent, toujours à l'abri de sa capuche.

– C'est correct mais on ne fera plus affaire ensemble, dit-il enfin. N'essayez pas de nous contacter et surtout, ne faites pas les idiots avec ce film pourri. Sinon, on vous retrouvera et on vous fera la peau. Vous savez qu'on le fera.

– On le sait, répondit Arthur d'une voix qui se voulait ferme. Ne vous inquiétez pas, vous avez été réglo.

D'un pas pressé, les trois hommes repartirent par où ils étaient venus.

– Ouf ! souffla Arthur. Pas le genre de gars qu'on voudrait comme ennemis, hein ?

– Ouais, acquiesça Nicolas. Ni comme amis, d'ailleurs.

– Comment tu as fait pour garder ton calme ? Moi j'étais mort de trouille !

– C'est facile. Quand tu ne vois que des taches de couleur, tu relativises. Le monde t'apparaît moins... sinistre.

– Je comprends, dit Arthur en hochant la tête. Moi par contre, je reverrai toujours leurs silhouettes patibulaires, j'entendrai toujours le son de cette voix menaçante.

– Bah, tu les rangeras bientôt dans le coin de ton crâne qui te sert de débarras. Et puis, avoue quand même qu'on a rencontré des terreurs plus flippantes !

L'image de Clarence (le loup-garou, l'aurait corrigé Claire) les braquant avec son pistolet au pied du mont Aiguille s'imposa avec netteté dans le cerveau d'Arthur. Clarence fut aussitôt rejoint dans son esprit par le géant américain (l'ogre !) que Violaine avait mis hors d'état de nuire dans l'église d'Aleyrac. Enfin, le tueur à moustache (le vampire...) assommé par Claire au fond de la grotte de Saint-Maurice vint prendre sa place au sein du trio. Arthur se remémora comme si cela se passait en ce moment même le bruit des balles s'écrasant sur la roche, à quelques centimètres de Violaine et de sa propre tête.

– Oui, confirma finalement Arthur, on a rencontré pire.

– Alors tu vois, c'était inutile de s'en faire. Surtout que... je voyais leurs cœurs battre ! Ils bluffaient. Ils n'avaient qu'une envie, partir avec l'argent.

– Et c'est maintenant que tu me le dis ? Idiot, va ! grogna Arthur, soulagé.

Nicolas fouilla dans l'enveloppe.

– On a ce qu'on voulait ?

– Passeports pour tous les quatre, triompha Nicolas en brandissant les faux papiers. Avec des noms d'emprunt, bien sûr.

– Bien sûr... Parfait ! Avec ça, on peut aller sur la lune, se réjouit Arthur. Enfin, partout où nous conduiront les infos que le Doc voudra bien nous donner.

– On mise tous nos espoirs sur le Doc, dit Nicolas. Tu crois qu'on se goure ?

– On est dans une impasse, répondit Arthur en haussant les épaules. Le Doc sait des choses. Il ne veut pas nous les dire, c'est tout. Il faudra être persuasifs. Lui faire comprendre qu'on est prêts à partir à l'autre bout du monde pour avoir des réponses…

Washington, DC - États-Unis. Rob B. Walker était perplexe. Le dossier rouge que le MJ-12 lui avait confié était ouvert sur la table capitonnée de cuir du bureau qu'il occupait dans un immeuble moderne et discret de la capitale. Un immeuble sous haute surveillance. Le général faisait partie de l'équipe ForChall mise en place par le gouvernement, après le 11 septembre 2001, pour superviser l'évacuation des principales personnalités politiques, en cas de crise majeure, dans des installations militaires protégées.

Rob B. Walker avait consulté le dossier pour la seconde fois et ne savait toujours pas quoi penser. Les Majestics se moquaient-ils de lui ? Il prit un feuillet et lut à voix haute : « Il semblerait que les désordres dont souffre Claire reposent sur une forme de réalité. Certains de ces *mouvements*, en effet, ont plongé les témoins, tous médecins, dans la perplexité. C'est comme si elle se déplaçait, sans en avoir conscience, *autrement* que nous. Il m'est impossible d'en dire davantage, faute de compétences en ce domaine. » C'était l'extrait d'un rapport écrit par un médecin psychiatre du nom de Cluthe. Les « Quatre Fantastiques » qu'on lui avait demandé de retrouver… S'agissait-il d'enfants échappés d'un centre d'expérimentations dirigé par le MJ-12 ? Dans ce cas, on l'avait chargé de jouer le nettoyeur. Il n'aimait pas ça. Il soupira et ouvrit sa boîte à cigares. C'est en fumant que Rob B. Walker calmait ses nerfs.

Clarence se tenait immobile. Immobile mais terriblement concentré. L'homme qui lui faisait face était plus petit, râblé. Il avait le crâne rasé. Un petit bouc et une moustache coupés court lui donnaient un air de mousquetaire. Ses yeux clairs le fouillaient, cherchaient à s'immiscer dans ses pensées, à deviner ses prochains mouvements. Le regard de Clarence était froid comme la glace.

Clarence décida d'attaquer. Son poing avant partit dans un mouvement fluide, suivi avec plus de raideur par le poing arrière. Qui ne rencontra, comme le premier, que le vide. Après avoir esquivé l'assaut, son adversaire contre-attaqua, visant le ventre et les côtes. Clarence bloqua un coup, chassa l'autre tout en se décalant. Il était légèrement fléchi sur ses appuis. Il se dégagea avec un chassé bas de la jambe avant, enchaîna sur un fouetté piqué au foie et un chassé frontal, puis il prit de la distance en boitant de la jambe droite. Cette vieille blessure ne lui permettrait jamais de redevenir le combattant qu'il était autrefois. Elle le gênait, comme le gênait la raideur de son bras droit. Face à un tel adversaire, c'était un handicap considérable.

L'homme avait encaissé souplement le premier coup de pied, paré le deuxième et presque évité le dernier. Avec un sourire, il bondit en avant et enchaîna coups de poing et de pied, dont Clarence se protégea tant bien que mal. Il transpirait à grosses gouttes. Pourtant, la climatisation marchait à fond dans la salle d'armes enfouie au sous-sol d'un immeuble de la périphérie parisienne. Il vit venir trop tard un coup de pied fouetté. Il choisit de l'encaisser et profita de la surprise pour enchaîner plusieurs coups à son tour, forçant son adversaire à reculer. Le sourire de ce dernier s'élargit : le combat était destiné à durer.

Une sonnerie électronique en décida autrement.

– Aïe ! Je suis désolé, Bernard, dit Clarence en rompant le combat.

– Pas de problème, le rassura le maître d'armes qui

n'était même pas essoufflé. J'attendrai. Tu ne me priveras pas de ce combat, Clarence !

– Je me dépêche et je reviens te flanquer une trempe, promis.

Bernard éclata de rire. Ils se saluèrent et le maître d'armes s'en alla malmener un sac d'entraînement au fond de la salle.

Clarence aimait la boxe française, sport délié et exigeant qui lui rappelait l'escrime, avec ses règles et son esprit noble. Il avait rencontré Bernard aux États-Unis, au début de sa carrière, au cours d'un stage réservé aux forces spéciales et consacré aux arts martiaux. L'homme lui avait plu, le sport dont il avait fait la démonstration également. Depuis, ils se retrouvaient régulièrement et passaient, dans la salle d'armes que Bernard dirigeait ou au comptoir d'un bar à bières, quelques très bons moments. Son accident n'avait jamais remis leur amitié en question, bien au contraire.

Clarence enleva ses gants et son protège-dents, récupéra une serviette dans son sac et s'épongea la figure. Sa tenue de sport était humide de sueur. Sur le banc, il ouvrit un ordinateur portable, concentré de technologie non officielle, dans lequel était encastré un téléphone cellulaire. Il activa les protections contre les logiciels « sniffeurs » arpentant le cyberespace et se connecta à l'un des satellites du réseau ClearView, auquel il avait un accès prioritaire. Digital Globe, la société mère, et même la NGA, l'Agence nationale géospatiale américaine, ignoraient certainement l'usage qu'il en faisait ! Le message qui lui parvint était bref mais provoqua une vive émotion chez Clarence. C'était les nouvelles qu'il attendait : la traque reprenait...

Il s'équipa en sifflotant et regagna l'espace de combat, animé d'une énergie nouvelle. Bernard n'avait qu'à bien se tenir !

Internet est aujourd'hui le premier lieu de surveillance du monde. Logiciels-espions ou « sniffeurs », enregistreurs de frappe au clavier, virus « troyens » volant les mots de passe et violant les fichiers, l'espionnage privé ou public ne cesse de prospérer. Les courriels sont interceptés, les corbeilles fouillées, les historiques de navigation consultés. Le système DIRT, d'Intellitech, peut même intercepter à distance l'ensemble des données informatiques de n'importe quel ordinateur !

La téléphonie mobile n'est pas épargnée. On estime aujourd'hui à 2,5 milliards les téléphones mobiles en service dans le monde, la plupart dotés d'appareils photo et même de petites caméras qui permettent l'enregistrement et la diffusion de séquences vidéo.

Moins chère que l'ordinateur, accessible au plus grand nombre, jamais une technologie ne s'est aussi rapidement étendue. Là encore et comme toujours, pour le meilleur et pour le pire.

Le réseau Échelon, grâce aux 52 systèmes informatiques du réseau Platform, aux logiciels spécifiques Mosaic et Oratory, aux 8 satellites et aux 54 stations d'écoute dans le monde, est parfaitement capable d'intercepter n'importe quelle conversation, de la stocker et de l'utiliser au moment opportun.

À cela, il faut ajouter le réseau satellitaire qui rend possible le repérage de n'importe qui n'importe où.

À l'espionnage des paroles s'ajoute celui des actes.

(Extrait du *Monde sous surveillance*, par Phil Riverton.)

IV.

Locum mutare : se déplacer

Quand j'étais petite, j'avais un lapin. Un lapin en peluche. Je suppose que si j'avais été un garçon j'aurais eu un ours ou un lion. Mais j'étais une fille alors c'était un lapin. Je l'avais appelé Boule-de-poils. Pourquoi, je n'en sais rien, je trouvais que ça lui allait bien. Et puis, il ne faut pas trop demander à une petite fille. Il aurait pu s'appeler Jeannot ou Carotte. Je traînais Boule-de-poils partout avec moi, je lui faisais la conversation, il dormait dans mon lit, je l'ai même assis une fois en face de moi à la table de dînette qu'une cousine devenue grande m'avait donnée. Bref, un souvenir d'enfance plutôt nul et sans intérêt. Sauf qu'un soir, alors qu'on venait de se coucher et que j'allais éteindre la lumière, Boule-de-poils a tourné sa tête vers moi. Ses yeux en plastique se sont éclairés, ils sont devenus jaunes. Sa bouche cousue s'est ouverte dans un grand bruit de couture déchirée. Il a articulé, d'une voix éraillée qui semblait venir de loin, de très loin sous le lit : « Claire, Claiiiiire. Je m'ennnnnuie. Rentrons chez nooooooous »…

– Alors, Œil-de-lynx ? demanda Claire à Nicolas qui, tout en lui tenant la main, scrutait les abords de l'église avec son étrange vision.

– Le Doc est là, répondit le garçon avant de tourner vers elle un regard irrité. Hé, la blonde, tu sais ce qu'il te dit, Œil-de-lynx ?

– Je ne sais pas ce qu'il me dit mais tu devrais remettre tes lunettes noires. Tu ressembles à une taupe quand tu plisses les yeux.

Derrière eux, Violaine émit un gloussement. Claire

faisait de l'humour, elle allait mieux ! C'était la perspective de cette rencontre avec le Doc, elle en était certaine. Plus que quiconque, leur amie avait besoin de réponses.

– Qu'est-ce qui t'amuse ? aboya Nicolas, vexé.

– Rien, répondit Violaine. Mais remets tes lunettes, tu ressembles vraiment à une taupe.

Puis elle éclata de rire, et Claire aussi.

– Qu'est-ce qui se passe ? Pourquoi on attend ? s'impatienta Arthur.

Nicolas avait pris le parti de bouder et ne répondit pas.

– On y va, t'inquiète pas, dit Violaine en reprenant la tête du groupe.

Le docteur Pierre Barthélemy se tenait devant le *Domus Dei* gravé au-dessus de la grille qui barrait l'accès de côté à l'église Notre-Dame-de-la-Gare. Il tourna la tête à leur approche et un sourire éclaira son visage.

– Les enfants ! Enfin.

– Bonjour Doc ! On est bien contents de vous voir, dit Violaine pour le groupe.

– Ça a l'air d'aller, finit par dire Barthélemy après les avoir observés attentivement. Mais vous me semblez un peu pâles.

– Le printemps a mis du temps à arriver, Doc, répondit Claire.

– C'est vrai que le ciel était plutôt gris ces jours-ci, renchérit Arthur.

– C'est pas grave, bougonna Nicolas, les taupes ont horreur de la lumière.

Le Doc haussa imperceptiblement les sourcils.

– Je ne pourrai pas rester, annonça-t-il brusquement. Je suis entre deux trains. J'étais dans le sud de la France quand j'ai reçu votre message, et je dois être impérativement à la clinique cet après-midi. La prochaine fois, je m'arrangerai autrement. Mais votre courriel laissait entendre que c'était urgent.

– Oui, hésita Violaine, oui. Merci, Doc.

– Parfait. Je vous propose pour commencer d'aller manger quelque chose. On bavarde mieux le ventre plein !

Violaine hocha la tête, soulagée. Elle remarqua que le Doc portait sous son manteau sa sempiternelle chemise à carreaux et ce détail familier acheva de la rasséréner.

Ils s'engouffrèrent dans le premier café venu.

– Comment cha va, la clinique ? demanda Nicolas auquel un copieux sandwich au jambon avait rendu sa bonne humeur.

– Ni mieux ni moins bien, répondit évasivement le Doc. Mon travail a perdu beaucoup de son intérêt depuis que vous en êtes partis.

– On nous recherche encore ? s'enquit Arthur, pragmatique.

– Officiellement oui. Des affichettes sont encore posées régulièrement dans les gares et les aéroports. En réalité, tout le monde est persuadé qu'un promeneur trouvera un jour vos cadavres dans une forêt du Jura.

– Doc ! protesta Claire.

– Désolé d'être brutal. Cela dit, c'est ce que vous vouliez, non ?

– Et... nos parents ? demanda Violaine à la surprise générale. Ils n'ont pas fait plus de bruit que ça ?

Barthélemy hésita avant de répondre.

– Ils sont venus à la clinique, tous. Ils avaient l'air malheureux, sincèrement malheureux. Mais...

– Mais pas révoltés, n'est-ce pas Doc ? continua Violaine. Résignés, hein ?

– Je suis désolé, Violaine. Tu t'attendais vraiment à autre chose ?

La jeune fille baissa la tête sans répondre. Ils terminèrent leur tasse en silence.

Puis la conversation reprit et aborda des sujets plus

légers. Nicolas se permit même de rire à une boutade d'Arthur. Finalement, le Doc consulta sa montre et soupira.

– Il va falloir que j'y aille. Le temps passe vite en bonne compagnie !

Claire jeta un regard de détresse à Violaine.

– Vous allez jusqu'au métro, Doc ? On peut vous accompagner, proposa-t-elle.

– C'est une bonne idée, acquiesça Barthélemy en réglant le repas au comptoir et en ajustant sur son nez la fine monture de ses lunettes.

Ils sortirent du café et empruntèrent la rue Jeanne-d'Arc, en direction du boulevard Auriol et de la station de métro Nationale.

– Bon, dit le Doc d'une voix sérieuse, brisant le silence gêné qui s'était installé. J'imagine que vous ne m'avez pas demandé de venir pour me parler de la clinique ou de vos parents !

– Non, répondit Arthur en se jetant à l'eau. En fait, on a beaucoup réfléchi depuis notre dernière rencontre. Au sujet de ce que vous nous avez appris. On a fait des recherches aussi, mais elles ne nous ont menés nulle part.

– Tu veux parler... de la lune ? demanda Barthélemy en enfonçant ses mains dans les poches de son manteau.

– De ce qu'il y a sur la lune, corrigea Nicolas. Vous savez, les extraterriens qui ont empêché les astronautes d'Apollo d'alunir !

Le Doc leva les yeux au ciel.

– Écoutez, je vous l'ai déjà dit, je n'en sais pas plus. Les documents que m'avait confiés Harry concernaient les pseudo-alunissages, leur fabrication et leur mise en scène, rien d'autre. Ils contenaient la preuve d'un mensonge, pas celle d'une vérité !

Claire lâcha la main de Nicolas. Elle s'approcha de

Barthélemy, un pied devant l'autre, comme si elle marchait sur une corde raide. Elle lui prit le bras. Ils firent halte tous les cinq sur le trottoir.

– S'il vous plaît, Doc, le supplia la jeune fille, vous ne comprenez pas. C'est capital pour nous d'avoir des réponses. Peut-être que... Peut-être que...

Violaine vint au secours de son amie, trop émue pour poursuivre.

– Ce que Claire veut dire, Doc, c'est que ces extraterriens et nous, enfin, il y a peut-être un lien, quelque chose qui expliquerait pourquoi on est comme ça.

Barthélemy hoqueta d'étonnement.

– Parce que vous êtes un peu... différents, vous vous imaginez que vous êtes des extraterrestres ? C'est absurde, voyons !

Devant la moue désapprobatrice de Violaine et de Claire, le Doc comprit qu'il aurait dû être plus diplomate. Heureusement, Arthur reprit la discussion à son compte.

– On ne dit pas qu'on est des extraterrestres, ou des extraterriens, peu importe. On aimerait juste savoir si on a un lien avec eux. C'est facile à comprendre, non ?

Le Doc aurait voulu asséner un : « Non ! » autoritaire, dire que c'était de la folie, démonter cette logique absurde, mais il se retint.

– D'accord, on se calme. Même s'il y avait un lien entre ces... ces extraterriens et vous, comment comptez-vous le découvrir ? En vous rendant sur la lune ? En allant cambrioler les coffres de la NASA ?

– Les coffres de la NASA, ça me semble plus accessible, dit Nicolas.

Le Doc secoua la tête. Claire revint à la charge.

– Vous êtes sûr que vous n'avez rien à nous donner ? Une information qui nous aiderait ? Même toute petite, même qui vous paraîtrait sans importance ?

Barthélemy les regarda tous les quatre, le visage fermé.

– Je me demande vraiment si j'ai bien fait de vous laisser livrés à vous-mêmes. Vous êtes en train de devenir fous. Je devrais peut-être vous ramener de force à la clinique.

– Et oublier votre promesse ? s'indigna Violaine. Vous avez promis de respecter notre choix de ne pas rentrer !

– Oui, c'est vrai, j'ai promis, mais...

– Regardez-nous, Doc, le coupa Arthur.

Sa voix était calme et posée.

– Est-ce que nous ressemblons à ces épaves traînant dans votre clinique ? Est-ce que nous donnons l'impression d'être handicapés ? Malades ? Mourants ?

– Non, mais...

– Cela fait plus d'un mois que nous nous débrouillons seuls, continua-t-il. Et nous allons bien. Très bien, même.

– Donne-moi une preuve, une seule, que vous allez aussi bien que tu me l'affirmes, s'énerva Barthélemy, plus impressionné qu'il voulait se l'avouer.

– Autrefois, répondit Arthur, à la Clinique du Lac, on se contentait de vivre au jour le jour, en priant pour que nos crises ne soient pas trop fortes ni trop rapprochées. Aujourd'hui, nous avons un but, un objectif, si dément qu'il paraisse : comprendre pourquoi nous sommes comme ça. Je trouve que c'est une sacrée évolution, pas vrai, Doc ? Arriver à se détacher du présent pour s'intéresser au futur, c'est pas mal pour des malades incurables, non ?

Un silence d'une rare densité accueillit les propos d'Arthur. Le Doc paraissait soumis à des émotions contradictoires.

– Pierre Barthélemy ne peut s'empêcher de trembler et de s'inquiéter pour vous, dit-il enfin d'un ton grave. Mais le Doc reconnaît la justesse de tes arguments,

Arthur. Oui, vous allez mieux, ça serait de la mauvaise foi que de le nier.

– Ça veut dire que vous allez nous aider ?

– Je ne sais pas, Claire.

– Vous ne savez pas quoi ? demanda Violaine, presque agressive.

L'espace d'un instant, elle fut tentée de s'approcher de lui, de le toucher et d'adresser directement leur requête à son dragon. Mais le Doc, comme Antoine, était sacré. Jamais il n'avait abusé de son statut d'adulte et de médecin. Jamais elle ne s'amuserait à le manœuvrer. Une bouffée de honte lui mit le rouge aux joues.

– Je ne sais pas si je suis en mesure de vous aider, répondit Barthélemy. Cependant…

Quatre regards le fixèrent, à nouveau remplis d'espoir.

– Écoutez-moi, dit le Doc qui avait pris sa décision. J'ai été contacté très récemment par un homme qui pourrait répondre à certaines de vos questions. Il s'agit de mon ancien patient et confident, Harry Goodfellow.

– Goodfellow ? s'exclama Nicolas. Il n'a pas été éliminé ?

– Il faut croire que non, dit Barthélemy. Il est même plus vivant que jamais, et même libre de ses mouvements à ce qu'il paraît.

Le Doc s'interrompit le temps de sortir une lettre de sa poche et de l'agiter ostensiblement sous leur nez.

– J'ai reçu cette longue lettre il y a quelques jours à peine et je ne sais pas quoi répondre. Harry me décrit sa vie, une vie de fugitif passée à trembler et à sursauter au moindre bruit. Vous devriez la lire, ça vous ferait peut-être changer d'idée sur la clandestinité !

– Où est-il en ce moment ? demanda Violaine, fébrile.

– Ne comptez pas sur moi pour vous le dire.

– Pourquoi ça ? s'étonna Nicolas. Vous venez de nous promettre de nous aider !

– Justement, répondit Barthélemy, voici ce que je vous propose : lorsque j'écrirai à Harry, je lui poserai les questions qui vous tourmentent. Je vous contacterai quand j'aurai des réponses. C'est tout ce que j'accepte de faire pour vous.

Violaine allait répondre sèchement quand elle sentit Claire lui lâcher la main. Quelques secondes, pas plus. Une inspiration, elle sentait les doigts de son amie dans sa paume. Une expiration, elle ne sentait plus rien. Une inspiration, les doigts étaient revenus. Violaine se tourna vers Claire et retint à grand-peine une exclamation. Le visage de son amie avait pris un teint de cire.

– C'est une proposition honnête, dit Claire d'une voix balbutiante, avant que quiconque ait pu répondre. En tout cas, c'est gentil de continuer à veiller sur nous.

– Ça va, Claire ? s'inquiéta le Doc qui voyait la jeune fille vaciller, prise de malaise.

– Ça lui arrive parfois, répondit Violaine à sa place, quand elle reste longtemps debout. On pourrait s'asseoir quelque part ?

Ils se dirigèrent vers un muret et entourèrent la jeune fille tandis qu'elle s'asseyait.

– Ça va aller, murmura Claire en réussissant à sourire.

– Tu es sûre ? demanda Barthélemy en la regardant droit dans les yeux.

– Oui. J'ai juste besoin de repos.

– On va rentrer, annonça Violaine, elle doit s'allonger. Désolée, Doc.

– Vous ne croyez pas qu'il faudrait plutôt la conduire dans un hôpital ?

Nicolas le regarda fixement et secoua la tête.

– Pour quoi faire ? Vous le savez, vous, que personne ne peut la soigner. Elle n'est pas malade, elle est… comme elle est, c'est tout !

Le Doc ne trouva rien à répondre. Nicolas avait raison.

Il se sentait seulement impuissant. Désagréablement impuissant.

– Bon, soupira-t-il en se levant. J'imagine que vous ne voulez pas de mon aide pour la porter jusque chez vous ?

Les quatre secouèrent la tête.

– Cet incident me conforte dans mon choix de ne pas vous laisser partir stupidement à l'aventure, grogna Barthélemy. Vous allez peut-être mieux, mais ce n'est pas encore la grande forme ! Essayez de ne pas faire de bêtises et prenez soin les uns des autres. Je vous donnerai rapidement des nouvelles, je vous le promets.

– Merci, Doc, répondit Violaine. Prenez soin de vous aussi.

Barthélemy s'ébroua puis s'éloigna d'un pas rapide en direction du métro, sans un regard en arrière, comme s'il ne voulait pas avoir à regretter sa décision.

– Qu'est-ce qui est arrivé ? demanda Arthur quand ils furent seuls.

– Claire s'est déplacée, expliqua Violaine.

– Tu veux dire qu'elle a bougé très vite, hop hop et on ne voit rien ? s'excita Nicolas.

– Oui, répondit laconiquement Violaine.

– Tu es folle, dit Arthur en prenant les mains de Claire dans les siennes. Tu sais bien que ça te vide de ton énergie !

– C'est vrai, dit Claire d'une voix encore faible mais qui commençait à s'affermir. Seulement, je veux des réponses et je suis prête à les payer au prix fort.

– Tu sais où ça va te conduire, tes idioties ? grommela Nicolas.

– Au 24 bis Queen's Gate Terrace, South Kensington, Londres, dit Claire.

– Qu'est-ce que c'est ?

– L'adresse de Goodfellow. Je suis allée la lire, pendant que le Doc brandissait la lettre.

Les trois autres restèrent silencieux.
– Tu crois que le Doc t'a vue ? demanda Arthur.
– Non, il ne m'a ni vue ni sentie, j'en suis presque sûre.
Nouveau silence.
– Pas mal pour une blonde, dit Nicolas.
– Merci, Œil-de-lynx.

Mon premier fait des blagues incompréhensibles. Mon deuxième est sérieux comme un pape. Mon troisième est plus bancal qu'un tabouret à deux pieds. Mon quatrième a la délicatesse d'un bulldozer. Mon cinquième est un médecin qui ne sait pas s'il sauve ou s'il condamne quatre gamins. Mon tout ressemble au *Radeau de la Méduse*...

(Commentaire écrit dans le train de retour à Genève par le docteur Pierre Barthélemy dans son carnet d'observations.)

V.

Londinium, ii, n. : Londres

Je n'ai curieusement qu'un souvenir lointain de mes parents. Ma mère était une femme effacée, toujours affairée dans la cuisine ou le salon de la maison que nous habitions dans le Michigan. Du moins, c'est ainsi que je me la rappelle. Mon père était un petit employé de bureau. Il partait tôt le matin et rentrait tard le soir. Il avait toujours l'air soucieux. Nous ne discutions pas beaucoup tous les trois. Mon père nous disait simplement, à ma mère et à moi, ce que nous devions faire. Cela lui paraissait aller de soi, à ma mère aussi. À moi un peu moins... Heureusement, ma liberté, je l'ai trouvée ailleurs. Je me suis en effet enfermé très tôt dans les livres, les livres d'histoire. J'adorais l'Histoire, dont mon pays âgé de deux malheureux siècles était largement privé. L'aventure romaine, la complexité des dynasties égyptiennes, l'épopée du Moyen Âge me fascinaient. J'aurais voulu consacrer tout mon temps à cette passion, mon temps et mes études. Mais mon père avait décidé que je serais ingénieur et, encore une fois, je n'ai pas eu le courage de m'opposer à lui. La mort dans l'âme, j'ai commencé une formation à l'école aéronautique. Quand j'en suis sorti major, mon père m'a simplement serré la main. Une poignée de main comme s'il me disait au revoir, « tu es un homme maintenant, j'ai été content de te connaître ». Est-ce pour rattraper la lâcheté dont j'ai fait preuve avec lui que, des années plus tard, j'ai décidé de dévoiler au monde les mensonges de mon pays ? Peut-être. Mais je préfère croire que c'était par pureté. La pureté d'un historien frustré, scandalisé par les agissements des manipulateurs...

Harry Goodfellow jeta un rapide coup d'œil par la fenêtre. L'immeuble de l'autre côté de la large rue paraissait désert. Mais il savait que c'était là-bas qu'on l'épiait. Trente ans passés à fuir avaient développé chez lui des sens aiguisés. Là-bas, en face, au dernier étage, des hommes surveillaient ses faits et gestes. Avec tous les gadgets offerts par la science, jumelles infrarouges et micro directionnel hypersensible, cela ne faisait aucun doute.

Il remit en place le rideau en dentelle et tourna le dos à la fenêtre.

Son regard balaya la chambre qu'il occupait depuis plusieurs semaines dans cette pension de famille londonienne. Il avait choisi le quartier à cause de sa tranquillité et sa proximité avec Hyde Park, dans lequel il aimait se promener le matin. Pas pour le bon goût de ses hôtes ! Il s'attarda sur le papier peint rose et blanc qui tapissait les murs. L'ampoule de faible intensité, sous l'abat-jour en verre dépoli, y dessinait des ombres grotesques.

Un lit, une table qui lui servait de bureau, une armoire qu'il n'avait même pas ouverte, une salle d'eau petite mais propre, étaient son univers du moment. Les toilettes, comme souvent dans cette ville, étaient sur le palier et communes à plusieurs chambres.

Sa valise était posée par terre. Elle contenait tout ce qu'il possédait en ce monde. Pour subsister, il avait exercé quantité de petits boulots mis à sa portée par ses talents d'ingénieur : réparateur de télé et de transistors, mécanicien automobile... Surtout, il avait appris à se taire. À ne rien révéler de sa vie, pour ne pas se trahir. Gardant enfouies ses pensées, toutes ses pensées. Car jusqu'à preuve du contraire, celles-ci n'appartenaient qu'à lui. C'est en sortant de l'ombre au bout de trente ans, pour se rendre à l'enterrement de sa mère, qu'il avait commis sa première erreur. Oui, penser, seulement penser. Là résidait la seule véritable liberté.

Harry Goodfellow poussa un énorme soupir. Ce n'était pas le premier, ce ne serait pas le dernier. Mais cette fois, celui-là n'était pas machinal. Il venait du fond du cœur. Il avait cru, bien des années auparavant, faire son devoir d'honnête homme. Et agir en homme libre. Oui, il avait pensé se libérer en divulguant le secret auquel on l'avait associé sans lui demander son avis ! Résultat ? Il avait passé son existence à trembler. À fuir, d'une ville à l'autre, d'un pays à un autre, essayant de conserver une longueur d'avance sur ceux qui le traquaient. Oh, il était intelligent et, aiguillonnée par la peur, cette intelligence l'avait sauvé plus d'une fois.

Mais surtout, surtout, il avait bénéficié d'une protection occulte. Une protection puissante que, malgré tous ses efforts, il n'avait jamais réussi à identifier. Sans cette protection, aurait-il pu échapper si longtemps aux agents envoyés sur ses traces par la NASA ?

Seulement, même la plus efficace des protections ne peut rien contre l'imprudence. Il s'était fait prendre en sortant du cimetière. Aujourd'hui, il était aux mains d'individus sans scrupule, sans état d'âme, qui lui avaient imposé leurs conditions.

Il s'assit sur le lit et prit sa tête entre ses mains. Pourquoi avait-il accepté ? Il lui suffisait de se regarder dans un miroir pour connaître la réponse : il n'était plus qu'un vieillard, un vieil homme usé qui voulait qu'on le laisse enfin tranquille. Même au prix d'une ultime lâcheté. Sauf si... Il y pensait sans arrêt. Mais en aurait-il le courage ? Et surtout : ces jeunes gens audacieux le méritaient-ils ?

Washington, DC — États-Unis. Rob B. Walker jeta pour la troisième fois un regard au téléphone qui s'obstinait à rester silencieux. Il n'arrivait pas à se concentrer sur son travail. Pourquoi ses hommes n'appelaient-ils pas ? La piste Goodfellow semblait prometteuse. Bien plus : il n'en avait pas d'autre ! Et il devait le tuyau à son contact du MJ-12, Majestic 3. Enfin, l'affaire pouvait se régler rapidement si les « Quatre Fantastiques » daignaient mordre à l'hameçon...

Depuis qu'il avait accepté cette mission, celle-ci l'obsédait chaque jour davantage. Il ne savait pas si c'était à cause de l'enjeu : devenir membre du MJ-12. Ou bien à cause de la mission elle-même. Plutôt, de ce qu'il y avait derrière. Et qu'on lui cachait.

Il jeta un dernier regard à l'appareil puis s'obligea à revenir sur une fiche qu'il essayait désespérément de lire.

– Ça y est, on arrive, annonça Nicolas très excité.

– Le chef de train vient de le dire, fit remarquer Violaine.

– C'est la première fois que je viens en Angleterre, répliqua le garçon. Alors laisse-moi à ma joie, d'accord ?

– Je ne comprends pas que les Français aient accepté que l'Eurostar ait son terminus dans une gare portant le nom de Waterloo, dit Arthur en secouant la tête.

– Ah bon ? Pourquoi ? demanda candidement Nicolas.

– Waterloo est une défaite française. La dernière grande défaite de Napoléon.

– Et Waterloo, c'est un nom anglais ?

Arthur sentait le mal de tête le gagner : Nicolas était en train de réussir ce que les deux heures quarante-deux minutes de train (sans compter l'attente à la gare du Nord) avaient échoué à faire. Grâce aux grilles de sudokus sur lesquelles il pouvait se concentrer, et le « nécessaire-à-dodo » offert par ses amis (un bandeau pour les yeux et des bouchons d'oreilles), il parvenait désormais à voyager sans que son cerveau se remplisse trop vite de détails encombrants.

– Non, répondit-il à Nicolas en se massant les tempes,

c'est le nom d'une ville en Belgique. L'endroit où Anglais et Prussiens ont battu les Français.

Nicolas haussa les épaules.

– Alors c'est ça qui est stupide, avoir donné le nom d'une ville belge à une gare anglaise.

Arthur choisit prudemment de ne pas se mêler de la logique particulière de son ami.

Violaine, Claire, Arthur et Nicolas débarquèrent en se fondant, comme ils l'avaient déjà fait lors de leur escapade dans la Drôme, au milieu d'un groupe de scolaires de leur âge. Sans lâcher Claire qui faisait de son mieux pour marcher normalement, ils empruntèrent d'interminables couloirs, entourés par un brouhaha grandissant, anxieux de savoir si leurs passeports convaincraient également les autorités anglaises. Mais les policiers présents à la sortie ne se préoccupèrent absolument pas d'eux.

Ils faussèrent compagnie au groupe avec soulagement, dans le vaste hall de la gare.

Arthur prit le temps d'aller changer des euros à un guichet de change.

– Tu as remarqué ? glissa Claire à Violaine en désignant le plafond.

– La caméra ? fit Violaine. Oui, je l'avais vue. D'après Arthur, Londres est truffée de caméras de vidéosurveillance. C'est la ville la plus télésurveillée d'Europe.

– Alors ? demanda Claire en se mordant la lèvre.

– On possède un atout majeur, un joker contre ces foutues caméras : personne ne s'attend à nous trouver ici, donc personne ne nous y cherche !

Ils sortirent. La ville leur apparut sous la grisaille, vieille et laide. Le léger crachin qui tombait accentuait encore cette impression.

Ils hélèrent un cab, un de ces taxis londoniens noir et jaune dans lequel les passagers sont assis face à face.

– *Could you drive us to the Natural History Museum, please?*

Pour faire simple, et peut-être aussi par prudence, Arthur avait demandé au chauffeur de les conduire au musée d'Histoire naturelle : le vénérable édifice était proche de Queen's Gate Terrace. De plus, ils voulaient prendre leur temps pour arriver et inspecter les lieux, avant de débarquer chez Goodfellow.

– Je suis bluffé, s'exclama Nicolas. Tu te débrouilles sacrément bien en anglais !

– Disons que j'arrive à comprendre et à me faire comprendre, expliqua Arthur. Je n'ai pas eu beaucoup de temps ! J'ai lu une grammaire hier, et aujourd'hui j'ai feuilleté un dictionnaire dans le métro, jusqu'à la gare.

– Ben voyons, continua Nicolas plein de fierté pour son ami. Personne n'a une méthode de japonais, que Monsieur Arthur puisse s'occuper l'esprit pendant le trajet et demander notre chemin à des touristes ?

Ils traversèrent des quartiers qui montrèrent, malgré la pluie, un visage de la ville presque sympathique. Ils franchirent la Tamise qui leur parut plus large que la Seine, aperçurent la fameuse abbaye de Westminster, passèrent devant le palais de Buckingham.

Le taxi les arrêta finalement sur Cromwell Road, à la hauteur du musée.

– Je n'arrive pas à me faire à l'idée que les gens roulent à gauche, dit Claire en sortant de la voiture, aidée par Nicolas.

– Justement, les prévint Arthur, faites attention en traversant !

Le garçon prit congé du chauffeur.

– C'est par là, dit Violaine en dépliant un plan du quartier et en prenant la tête du groupe.

Ils remontèrent lentement, à cause de Claire, la paisible avenue de Queen's Gate. La température était douce. La pluie avait cessé mais un léger brouillard envahissait à présent la ville.

– Qu'est-ce qu'on fait s'il est parti ? demanda Nicolas.

– Arrête, dit Violaine, tu vas nous porter la poisse.

– Oui, continua le garçon, mais s'il avait déménagé entre-temps ?

– Il sera chez lui, affirma Arthur. Goodfellow attend une réponse du Doc, il ne déménagera pas avant de l'avoir reçue. Et s'il s'est absenté, on attendra qu'il revienne, voilà tout. Je ne vois pas où est le problème.

Arthur avait une façon bien à lui de ramener la confiance. Il ne le faisait pas exprès, il se contentait d'exposer des faits, de mettre en branle une logique imparable. C'est ce pragmatisme auquel aimaient s'accrocher ses amis, eux qui en étaient dépourvus, à des degrés divers.

Ils arrivèrent enfin à la hauteur de Queen's Gate Terrace. Des immeubles de pierre blanche, tous hauts de quatre étages, conféraient à la rue une majesté très victorienne. Les colonnes des porches et les réverbères à l'ancienne se devinaient plus qu'ils n'apparaissaient dans la brume. La petite bande aurait pu se croire dans un Londres du début du XXe siècle si des voitures n'avaient pas été garées le long des trottoirs.

– Je ne vois rien de particulier, dit Violaine.

– Pas étonnant avec le brouillard ! Tu veux que je regarde moi ? proposa Nicolas.

– Je ne sais pas si c'est très utile. Tu verras quoi ? Des gens chez eux ? Des chats sur les toits, des rats dans les caves ? Non, termina Violaine, il ne faut pas non plus tomber dans la paranoïa. Personne, et même pas Goodfellow, ne s'attend à nous voir ici !

– Comme tu voudras, chef, répondit Nicolas légèrement vexé.

– C'est bon, on y va, dit Claire.

Ils gagnèrent furtivement le numéro 24 bis. Une plaque à côté de la porte, sous le porche à colonnades, indiquait qu'il s'agissait d'une sorte de pension de famille.

– « *The cheerful chaffinches* », déchiffra péniblement Nicolas. Ça veut dire quoi ?

– Quelque chose comme « Les joyeux pinsons », répondit Arthur.

– Mais c'est ridicule ! s'exclama le garçon.

– Et attends, dit Violaine en s'avançant vers le bouton de la sonnette, tu n'as pas encore vu les rideaux à franges roses, les napperons en dentelle et les couvre-théières en patchwork...

Washington, DC — États-Unis. Rob B. Walker s'empressa de décrocher le téléphone. Son visage exprima un réel soulagement lorsqu'il reconnut la voix de l'agent Fowler.

– Ils viennent d'arriver ? Parfait ! Goodfellow va les retenir et leur soutirer des informations. C'est important de lui en laisser le temps, vous avez compris ? Vous les cueillerez quand ils sortiront... Ah, encore une chose, Fowler : ne les ratez pas !

Une jeune femme boulotte vint ouvrir la porte d'un pas traînant. Elle portait un tablier à fleurs aux couleurs criardes et des pantoufles doublées de fausse fourrure.

– *Can I help you* ? demanda-t-elle intriguée.

Arthur expliqua qu'il était le neveu tant apprécié de M. Goodfellow et que ses gentils amis et lui-même étaient venus rendre visite à ce cher homme pour adoucir sa solitude le temps d'un merveilleux après-midi.

Leur hôtesse tiqua devant les tournures précieuses et désuètes utilisées par Arthur, mais les invita néanmoins à attendre dans un salon envahi par les plantes vertes. Abandonnant les quatre jeunes gens aux coussins râpés d'un canapé trop mou, elle se rendit dans le bureau d'accueil et décrocha le téléphone.

Violaine, Claire, Nicolas et Arthur essayèrent d'échanger quelques impressions, mais la télé marchait à fond et ils devaient hausser le ton pour se comprendre. Un vieillard enfoncé dans un fauteuil les foudroya plusieurs fois du regard. Ils se résignèrent et attendirent en silence, observant les détails de la pièce. La jeune femme passa la tête hors de son bureau et leur cria que M. Goodfellow allait descendre. La petite bande commença à se sentir nerveuse.

– Et s'il appelle la police ? hurla Nicolas à l'oreille de Violaine.

– Il serait plus embêté que nous, répondit-elle de la même façon.

– *Shut up !*

– Qu'est-ce qu'il a dit ? cria Nicolas à l'adresse d'Arthur. Il veut du ketchup ?

– Non ! Il voudrait qu'on se taise !

– Ah, ça m'étonnait aussi ! Dis donc, pour quelqu'un de sourd, je trouve qu'il entend plutôt bien !

– *Shut up !*

– Y en a plus, grand-père ! hurla Nicolas les mains en porte-voix.

– Eh, arrête, le gronda Claire. Sois poli, et plus respectueux. Tu verras, quand tu seras vieux toi aussi.

Une silhouette apparut dans les escaliers et mit un terme à l'échange. Ils se levèrent tous les quatre et quittèrent le salon pour le hall d'entrée où se tenait un homme âgé vêtu d'un costume clair. Il était chauve, massif et voûté.

– *Mister Goodfellow ?* dit Arthur en se portant en avant. *We are…*

– Je sais qui vous êtes, répondit l'homme d'une voix grave et fatiguée, dans un très bon français. Et je savais que vous alliez venir.

Ils restèrent muets de stupéfaction.

– Vous saviez que… finit par dire Violaine.

– Pas ici, jeune fille, la coupa Goodfellow. Montons dans ma chambre. Nous serons mieux pour parler.

Sans attendre, il leur tourna le dos et entreprit de remonter les escaliers.

On pourrait croire qu'il reste une chose au moins que les caméras ne peuvent pas enregistrer, que les téléphones et les ordinateurs ne peuvent livrer, si l'on prend soin de les garder pour nous : ce sont nos pensées. Les techniques d'imagerie cérébrale, qui rendent visible le mécanisme de la pensée, n'ont pas accès à son contenu. Les puces électroniques implantées sous la peau enregistrent battements de cœur et tension artérielle et ne donnent d'indications que sur nos émotions. L'humanité peut donc dormir tranquille !

Mais qui connaît le programme ANIC ?

Le programme ANIC (Advanced Neural Implants and Control) est mené à l'université de Providence (Rhode Island) et à celle de l'Arizona. Il est financé par la DARPA (Defense Advanced Research Projects Agency), une organisation dépendant du Pentagone qui poursuit des buts militaires. L'objectif du programme ANIC est de parvenir à lire les pensées du cerveau. Pour les comprendre. Et les contrôler.

Dans d'autres universités, d'autres travaux officiellement indépendants mais en réalité suivis de près par le FBI, la CIA ou la NSA poursuivent le même but : déceler les pensées, prévenir les intentions, influer sur les réactions. Bref, contrôler les individus, pour les transformer en gentils petits soldats ou en citoyens modèles…

(Extrait du *Monde sous surveillance*, par Phil Riverton.)

VI.

Paries, etis, m. : mur, muraille

Je me suis amusé à composer un quatrain dans le train. Depuis que j'ai découvert Rimbaud, je fais des vers ! Je me sens pousser des ailes de poète… Allez, je me lance : « Nous nous en allions sur les chemins striés de violet, notre ego devenait minéral ; nous allions sous le ciel orangé et nous n'étions pas si mal ; Oh ! là ! là ! quel splendide mois de février ! » Bon, je sais, c'est nul. Et j'ai un peu copié. Mais j'ai une bonne excuse : je m'ennuie. Il faut bien que je m'occupe quand Arthur se réfugie dans ses sudokus, quand Violaine est fatiguée de m'embêter et quand Claire ferme les yeux et s'endort. Pas facile d'être le seul vrai drôle de la bande ! C'est vrai que j'aimais mieux avant, quand on marchait, comme des chevaliers, d'énigmes en énigmes sur la piste d'un trésor de papier. Quand on se prenait la main et moins au sérieux ! Tiens, c'est pas mal ça, je vais le noter…

Nicolas fut le premier à entrer dans la chambre de Harry Goodfellow. Leur hôte s'était placé dos à la fenêtre et les observait les uns après les autres. Violaine referma la porte derrière Claire.

– Alors c'est vous les petits malins ! commença Goodfellow. Vous me paraissez plutôt quelconques.

– Qui vous a parlé de nous ? s'étonna Arthur. Le Doc ?

– Aucune importance. J'en sais sur vous plus que vous le croyez. Je sais par exemple que vous avez eu accès aux documents que j'avais demandé à Barthélemy de cacher. Bande de fouinards !

Le ton de l'homme était sarcastique. Violaine se retint

avec peine. Elle lui aurait volontiers sauté à la gorge, en poussant des cris de joie. Mais cela n'aurait pas arrangé leurs affaires. Elle se contraignit au calme. Il serait toujours temps de faire joujou avec son dragon et de lui faire ravaler ses insultes !

– Les fouinards, comme vous dites, ont sauvé la vie du Doc, parvint-elle à articuler.

– Il paraît, commenta Goodfellow sans même la regarder. Alors comme ça vous avez vu dans les documents, ou cru voir, des choses étonnantes. Et maintenant vous êtes venus à Londres pour soutirer des informations à ce brave Harry. Je me trompe ?

– Non, répondit Arthur, aussi déconcerté que les autres par cet accueil. On sait que les missions Apollo, enfin une au moins, ont découvert des trucs bizarres sur la lune. Des trucs qui auraient un rapport avec les extraterrestres.

Goodfellow ricana.

– Vous ne savez rien, rien du tout.

Il secoua la tête.

– Bon Dieu, pourquoi je vous parle ? C'est aberrant ! Vous avez trouvé des documents que vous ne comprenez pas, vous courez après un mystère dont vous ne saisissez pas les enjeux. Vous êtes pitoyables.

Nicolas s'avança vers Goodfellow. Son visage s'était empourpré sous l'effet de la colère.

– Et vous, vous n'êtes pas pitoyable ? lança-t-il en le menaçant du doigt. Toute une vie à se terrer comme un cafard pour venir échouer dans l'hospice des joyeux pinsons ! Alors vos remarques, vous pouvez vous les garder, avec vos grands airs de monsieur Je-sais-tout !

Claire lâcha la main de Violaine et prit celle de Nicolas, pour le calmer. Le garçon tremblait d'indignation.

– M'enfin c'est vrai, quoi, se justifia-t-il devant son amie, tout ce voyage, tous ces efforts pour... ça, cracha-t-il en direction de Goodfellow.

21 ter, Queen's Gate Terrace, Londres. Un homme portant une cravate noire sur une chemise blanche aux manches retroussées pestait en réglant une caméra posée sur un trépied.

– Il ne peut pas se déplacer, le gros ? Il est dans mon axe, j'ai du mal à distinguer les détails derrière lui !

– Tu vois les gosses, Fisher ? lui demanda son collègue qui portait la même tenue.

– Ouais, tout juste.

– Alors c'est bon, le rassura Fowler en affinant un réglage sur le micro directionnel. Moi, j'entends ce qu'ils disent. C'est le plus important...

Il vérifia encore une fois que tout fonctionnait correctement puis il s'assit sur l'un des lits de camp qui constituaient, avec une table de camping et deux chaises pliantes, l'unique mobilier de la pièce. Il alluma une cigarette et en tira une longue bouffée.

– Tu comprends, toi, à quoi ça rime ? lui demanda Fisher.

– Non, répondit Fowler en soufflant la fumée. Mais le général le sait et ça me suffit. Je fais mon boulot, point final.

– Quand même, insista Fisher, surveiller un vieux et des gosses ! Il y a des missions plus excitantes.

– De quoi tu te plains ? conclut Fowler. Risques zéro, personne sur le dos et bière à gogo !

Ils rirent tous les deux.

Sa cigarette terminée, Fowler prit ses écouteurs et revint s'asseoir à côté du micro directionnel.

– Allons ! dit Arthur qui tentait de calmer le jeu après la sortie de Nicolas. Ça ne sert à rien de s'énerver.

Puis il se tourna vers le vieil homme, toujours vissé devant la fenêtre.

– Mais vous vous trompez, monsieur Goodfellow.

Nous nous sommes renseignés, et même si tout n'est pas clair en effet, on a au moins compris que les astronautes avaient été en contact avec une autre forme de vie sur la lune. Et ça, c'est tout ce qui nous intéresse.

Claire plongea ses grands yeux dans ceux de Goodfellow.

– C'est vital pour nous. Vous comprenez, monsieur ?

Harry Goodfellow détourna la tête et s'abîma dans ses pensées. Il en émergea pour fixer la jeune fille et ses amis avec un regard apitoyé.

– Non, je ne comprends pas. Mais vous non plus, on dirait. J'ai bousillé ma vie pour un secret qui n'en vaut pas la peine : les hommes de la NASA ne sont jamais allés sur la lune, et alors ? À l'époque, ça me paraissait énorme. Aujourd'hui, ça me semble dérisoire. On m'a obligé à participer au trucage des photos, des films, des résultats, et c'est ça que je n'ai pas supporté. Par une honnêteté, un sursaut mal placés. Les raisons de ce mensonge ne m'intéressaient même pas ! Alors qu'il y ait ou non des extraterrestres sur la lune, qu'ils s'en servent comme terrain de base-ball, qu'ils y jouent du violon ou des castagnettes, je m'en moque éperdument !

Un silence lourd emplit la chambre. Violaine était à deux doigts de régler l'histoire à sa façon, de chevalier à dragon, pour obliger Goodfellow à se montrer coopératif. Nicolas, lui, était près de lui sauter dessus pour l'étrangler. Claire avait les larmes aux yeux. Seul Arthur n'avait pas l'air affecté.

– Je suis sûr que non, dit brusquement le garçon.

Goodfellow tourna la tête dans sa direction.

– Et je suis certain également que vous avez enquêté à fond sur le problème. Pour comprendre pourquoi on vous traquait, pourquoi on vous en voulait à ce point d'avoir brisé le silence. Vous aimez comprendre, monsieur Goodfellow. Je me trompe ?

Goodfellow sentit brusquement l'espoir l'envahir. Ces enfants avaient du répondant. Et même du caractère ! Après tout, peut-être avaient-ils réellement aidé Barthélemy à s'en sortir ? En tout cas, ceux qui avaient commandité ce guet-apens ne s'étaient pas trompés : les quatre, là, n'étaient pas des gosses ordinaires ! Étaient-ils cependant suffisamment extraordinaires pour se rendre là où lui n'avait pas pu aller ? Pour découvrir ce qu'il n'avait pas pu découvrir ? Mais non ! Ils restaient des enfants et, s'il décidait de leur faire confiance, il les enverrait directement à la mort. D'un autre côté… Qu'est-ce que cela changeait pour eux ? Ils étaient traqués, leur peau ne valait déjà plus rien. Autant qu'ils la risquent en ayant une chance, même infime, de gagner quelque chose. Oui, sa décision était prise. Il n'était pas très fier de négocier comme ça avec sa conscience. Mais ces quatre jeunes étaient un cadeau du ciel, et il ne laisserait pas passer l'occasion de défier une dernière fois ses tortionnaires.

Le vieil homme mit un doigt sur ses lèvres.

– Vous vous trompez sur toute la ligne, reprit-il. Je ne sais rien et vous non plus.

Il insista sur les derniers mots.

Violaine sursauta. Il se passait quelque chose d'anormal. Pauvre idiote ! Aveuglée par la colère, elle n'avait rien vu jusque-là. Mais elle ne rêvait pas : Goodfellow attirait leur attention sur autre chose que ce dialogue de sourds. Il leur adressait un avertissement. D'où le danger pouvait-il venir ? De la fenêtre, peut-être. Goodfellow s'était sûrement placé là où il était sûr de ne pas être vu : le dos à la fenêtre.

– Tu devrais enlever tes lunettes, dit-elle à Nicolas en roulant des yeux. Je crois que le soir tombe. Tu n'as pas vu, par la fenêtre ?

Interloqué, le garçon mit un moment à comprendre.

Puis il prit un air innocent et fit comme Violaine lui avait dit. Sauf qu'il ne regarda pas dehors. *Son regard passa à travers Goodfellow, franchit le mur de l'immeuble d'en face et vit deux silhouettes rougeâtres qui les observaient à l'abri des rideaux. L'un penché sur l'assemblage aux tons jaunes des fils d'une caméra dernier cri. L'autre branché à un micro directionnel hypersensible diffusant une vague lueur orangée.*

Nicolas se frotta les yeux et remit ses lunettes.

– Effectivement, ça s'assombrit dehors, annonça-t-il. On devrait y aller avant d'être surpris par la nuit.

Ses mains tremblaient.

Goodfellow avait suivi l'échange sans comprendre. Mais quelque chose d'important venait d'avoir lieu sous ses yeux, il le sentait. Cela le conforta dans son choix.

– Je suis désolé, jeunes gens, continua-t-il d'une voix forte destinée à être entendue au-delà de la chambre. Pour moi, cette histoire s'est arrêtée le jour où j'ai eu la mauvaise idée de voler les documents et de les confier à Barthélemy. Je n'aime pas en reparler. J'en ai assez bavé.

Violaine se leva la première.

– On est désolés, monsieur. On ne voulait pas raviver de mauvais souvenirs. On comprend que vous vous soyez énervé. C'est dommage, on aurait bien voulu savoir.

– Mais c'est que… voulut protester Arthur.

– C'est que personne ne veut rien nous dire, continua Nicolas en tapotant l'épaule de son ami pour l'inciter à se lever. C'est dur !

– N'ayez pas de regrets, dit Goodfellow en haussant le ton et en s'approchant. L'ignorance est souvent salutaire.

Arthur ne comprenait plus rien. Il avait sûrement raté quelque chose, mais quoi ? Il décida néanmoins de faire confiance à Nicolas et resta silencieux.

Goodfellow devait s'approcher encore pour mettre son plan à exécution. Mais comment, pour que cela paraisse naturel ? Il choisit de leur serrer la main. Quand arriva le tour de Violaine, qui semblait être la meneuse de cet étrange petit groupe, il lui glissa un paquet, enveloppé dans du papier marron et fermé par de la ficelle. La jeune fille n'hésita pas. Elle le prit et le dissimula rapidement sous son pull.

– Je ne vous raccompagne pas, termina-t-il, vous connaissez le chemin. Passez par-derrière, par la cuisine, murmura-t-il de façon presque inaudible avant de reprendre d'une voix normale : À mon âge, on n'aime pas trop les escaliers !

Puis il leur tourna le dos et regagna la fenêtre.

21 ter, Queen's Gate Terrace, Londres.

– Ça y est, annonça Fowler, ils sortent de la chambre. On va les cueillir dans la rue. Prêt à jouer les baby-sitters ?

– C'est parti, répondit Fisher en prenant sa veste et en glissant un pistolet dans l'étui qu'il portait sous le bras.

Violaine, Arthur, Claire et Nicolas dévalèrent les marches, sans respect pour l'écriteau réclamant à chaque étage le silence.

– Quelqu'un pourrait m'expliquer ? demanda Arthur.

– Goodfellow est sous surveillance, répondit Nicolas. C'est un traquenard.

Arrivés dans le hall, ils bondirent en direction de la cuisine.

– On ne sort pas par-devant ?

– Les espions sont dans l'immeuble en face, dit Violaine. Mais si tu veux te jeter dans leurs bras, Arthur, on ne te retient pas !

Une porte vitrée qui grinçait affreusement les mena dans la petite cour. Heureusement, les murs alentour n'étaient pas hauts.

– Allez Claire, ahana Violaine en l'aidant à grimper, courage.

Ils tombèrent dans une seconde cour. Claire serrait les dents. On sentait que ces efforts lui coûtaient beaucoup.

– Là, une porte ! indiqua Arthur.

– Et derrière, un couloir de service, une autre porte et une autre rue, compléta Nicolas.

Les issues n'étaient pas verrouillées. Ils se retrouvèrent bientôt sur le trottoir d'une étroite rue pavée.

– C'est Clarence, à votre avis ? demanda Arthur tandis qu'ils reprenaient leur souffle.

– Non, affirma Violaine. Si c'était lui, on ne serait jamais arrivés jusqu'ici.

– Je ne sais pas si je vais pouvoir aller plus loin, murmura Claire.

– Bien sûr que si, la rassura Nicolas. On va ralentir. Tu pourras t'appuyer sur nous.

Ils marchèrent ainsi jusqu'à Gloucester Road, remontèrent Palace Gate en trottinant et débouchèrent sur Kensington Gardens qui constituaient, avec Hyde Park à l'est, une vaste aire dédiée à la verdure.

– Vous croyez qu'on est à l'abri ?

Claire avait repris des couleurs depuis qu'ils marchaient sous les arbres du parc.

– Oui, répondit Violaine. Ils ne s'attendaient pas à nous voir fuir. On a bénéficié d'un effet de surprise.

– Alors ça recommence ? soupira Nicolas. On nous court encore après, hein ?

– On dirait, dit Arthur en fronçant les sourcils. Mais je ne comprends pas. Cette fois, on ne possède rien qui vaille la peine, ni carte ni document !

– Il y a bien ça, dit Violaine en sortant le paquet de sous son pull. Mais il aurait été beaucoup plus simple d'aller le prendre directement à Goodfellow ! En plus, comment pouvaient-ils savoir que Goodfellow allait nous le donner ?

– Bien vu, acquiesça Arthur. Si on nous traque, c'est pour une autre raison.

– Tu ne l'ouvres pas ? demanda Nicolas à Violaine en montrant le paquet.

– On attendra d'être dans le train... À ton avis, Arthur, on pourra monter dans le premier qu'on trouvera ?

– Oui. Ça nous coûtera un supplément mais on peut se l'offrir. Il y a un train à 17 h 43, ça sera un peu juste. Il y en a un autre à 18 h 42.

Ils coupèrent à travers une prairie.

– On va où, là ? demanda Nicolas.

– Lancaster Gate, à l'autre bout du parc, dit Violaine en dépliant la carte. Il y a une entrée de métro. Il faudra changer de ligne à Tottenham et après ce sera direct jusqu'à Waterloo.

– Tu ne penses pas qu'on risque de nous attendre à la gare ? demanda Arthur.

– Possible. Mais si on fait vite, c'est jouable. Ceux qui nous pourchassent cette fois-ci n'ont pas l'air très doués.

– Pourquoi tu dis ça ?

– Ils n'ont même pas pensé à sécuriser l'arrière de la pension, dit Violaine avant de faire halte et de chercher Claire et Nicolas des yeux.

Ils s'étaient arrêtés quelques pas en arrière, devant une statue dressée au bord de l'eau. La statue d'un jeune garçon gracile soufflant dans une flûte. Près du socle, une fée semblait jouer à cache-cache.

– C'est... c'est magnifique ! souffla Claire les larmes aux yeux.

– Alors là, reconnut Nicolas, je suis entièrement d'accord. Waouh !

– Peter Pan... murmura Arthur.

Peter Pan qui, s'il était né plus tard et s'il n'avait pas rencontré la fée Clochette, se serait sûrement retrouvé dans la Clinique du Lac et aurait naturellement trouvé sa place au sein de la petite bande ! C'était ce qu'ils pensaient tous, sans avoir besoin de le dire.

Le temps pressait pour les fuyards. Ils sacrifièrent malgré tout quelques instants pour contempler la statue.

Harry Goodfellow prit tout son temps pour aller décrocher le téléphone qui sonnait à se disloquer sur un mur de la chambre.

– Allô ? Ah, c'est vous !... Disparus ? Comment ça, disparus ?... Je ne comprends pas, je n'ai pas quitté cette pièce depuis leur départ et... Vous le savez, bien sûr... Mais alors, où sont-ils passés ?... Écoutez, ce n'est plus mon problème. Le contrat était simple : je devais les attirer et les faire parler. Le reste ne me concerne pas...

Il secoua le combiné. Son interlocuteur avait raccroché.

Goodfellow gloussa de joie. Non seulement il avait aidé ces gosses à fuir, mais il leur avait confié de quoi répondre à quelques questions. Ou s'en poser encore plus, ça dépendait. Cela, s'ils se montraient à la hauteur bien sûr. C'était de la folie ! Ce paquet qu'il gardait toujours avec lui était son dernier atout, sa dernière chance de négocier avec ses bourreaux, de peut-être sauver sa peau. Voilà qu'il l'avait donné à des gamins ! Il était à présent sans défense. Mais il s'en moquait. Harry Goodfellow se sentait léger, comme rarement auparavant. Il avait fini de racheter sa lâcheté par un dernier acte de courage. S'il devait mourir, il n'aurait pas de regret.

La principale entrave à notre programme reste de toute évidence la curiosité publique. Il n'est pas possible de l'empêcher dans un pays comme le nôtre. Mais on peut tout à fait la manipuler, l'envoyer sur de fausses pistes, lui donner du vent à moudre. Nos propositions immédiates sont les suivantes : focaliser l'attention du public sur un site unique sans lien direct avec nos propres activités et créer de faux événements destinés à désamorcer les vrais. Tant que la curiosité de nos concitoyens, si friands d'extraterrestres, sera aiguillée ailleurs, nous continuerons d'avoir les coudées franches.

Nous avons pensé à la base que détient l'armée de l'air à Nellis dans le Nevada. Plus précisément, au complexe de Groom Lake, actuellement utilisé par la compagnie Lockheed pour la mise au point d'un avion espion. Sa proximité avec la zone Yucca Flats où le ministère de l'Énergie procède à des essais nucléaires accentue cette atmosphère de secret. Ce site, qui sera livré aux fantasmes de nos compatriotes, portera le nom de Zone 51.

Les événements qui serviraient de coupe-feu en cas de fuite ? Nous pourrions par exemple exploiter l'incident, déjà connu du public, de Roswell au Nouveau-Mexique. Il suffirait de transformer le malheureux ballon-sonde défectueux en restes de soucoupe volante, et de laisser galoper l'imagination humaine...

(Extrait d'une réunion du MJ-12 tenue dans un lieu secret en 1956.)

VII.

Cogitare : méditer, remuer dans son esprit

Dans notre métier, on passe beaucoup de temps à attendre. Il faut rester de longues heures dans les entrailles d'un avion avant de pouvoir sauter en parachute sur l'objectif à neutraliser, de longues heures au sommet d'un immeuble avant de caler dans la lunette du fusil la cible à éliminer, de longues heures sur le siège d'une voiture avant de filer sa proie. Le plus difficile, c'est de ne pas pouvoir faire autre chose. Ni dormir ni lire. Il faut rester vigilant, sous peine de commettre une erreur. Une erreur qui se paye toujours au prix fort. En m'exerçant, je suis parvenu à mobiliser ma concentration à la moindre alerte. Ne plus penser est impossible pendant ces trop longues heures d'attente. Aussi je me permets de rêvasser, sachant qu'à tout moment il faut être capable de revenir à son objectif. C'est difficile, mais notre métier est un métier difficile…

Clarence consulta encore une fois le message qu'il venait de recevoir sur son téléphone cellulaire. Il semblait perplexe. Il tapota machinalement le volant de sa Mercedes noire aux vitres teintées, sagement garée contre un trottoir. Puis son regard accrocha le livre, corné d'avoir été trop souvent ouvert, posé sur le siège passager.

Clarence choisissait toujours un livre pour l'accompagner dans ses missions. Cette fois, il avait jeté son dévolu sur l'écrivain Eduardo Milescu, un intellectuel roumain qui avait passé vingt années de sa vie dans les prisons communistes et qui y serait devenu fou s'il n'avait pu continuer à écrire, utilisant du papier toilette en guise de cahier et, comme encre, de l'eau mélangée à la poussière des briques rouges de sa cellule.

« Cibles repérées à Londres. Image suit. »

Qu'est-ce qu'Eduardo aurait pensé de cette information déroutante ?

Clarence sortit l'ordinateur du coffre-fort dissimulé dans la boîte à gants et y inséra le téléphone. Il tapa le code d'accès au réseau ClearView, entra des coordonnées précises et obtint presque instantanément les images-satellites d'une ville. Il zooma et la ville devint quartier, puis rue, puis maison. La définition était parfaite. Il observa attentivement les lieux avant de balayer, aux commandes de son ordinateur, les alentours. C'était trop tard, il le savait, mais il ne fallait rien négliger. Surtout avec eux.

Une icône à tête de loup clignotait dans un coin de l'écran. La photo confirmant l'information venait d'arriver. Il ouvrit le fichier. C'était un cliché, pris un peu plus tôt par l'un des satellites ClearView. Il reconnut immédiatement les quatre jeunes sur le trottoir, devant le 24 bis Queen's Gate Terrace : c'étaient Violaine, Claire, Nicolas et Arthur.

Un sourire naquit sur ses lèvres.

– Coucou mes renardeaux, murmura-t-il presque affectueusement. Clarence le loup est bien content de vous revoir !

Il vérifia l'heure d'enregistrement. Cette photo datait d'une heure environ. Étaient-ils encore à l'intérieur ? Peut-être. Sûrement pas, à la réflexion : l'expérience lui avait appris qu'avec ces gamins, si l'on n'était pas en avance sur eux, on était forcément en retard.

Que faisaient-ils à Londres ? Il échafauda plusieurs hypothèses mais n'en retint aucune. C'était le problème des missions non officielles comme celle-ci : il devait partir de presque rien et pouvait s'appuyer sur pas grand-chose ! Il recala à l'échelle de la rue l'image-satellite qui lui parvenait en temps réel. À tout hasard, il lança une recherche sur la maison et ses occupants. La réponse lui parviendrait dans les minutes à venir.

Clarence s'apprêtait à quitter le réseau quand un événement sur l'écran attira son attention. Deux hommes venaient à l'instant de surgir d'une maison qui faisait face à celle où Violaine et ses amis étaient entrés. Ces deux hommes couraient, regardant de tous côtés comme s'ils avaient perdu quelqu'un. Ou quelques-uns.

– Intéressant, murmura encore Clarence. Alors comme ça, mes renardeaux étaient surveillés. Et ils viennent, visiblement, de tromper cette surveillance.

Il avait tout de suite démasqué les deux hommes. Ils appartenaient assurément à une agence américaine de renseignements. CIA ou FBI. À y regarder de plus près, il penchait plutôt pour la Sécurité militaire. Mais tout était possible. Ces Américains étaient indécrottables ! Même en civil, leurs agents avaient l'air de porter un uniforme.

Une deuxième tête de loup se mit à tourner dans le coin de l'écran. La réponse qu'il attendait lui parvint sous la forme d'un listing. Le 24 bis Queen's Gate Terrace était une pension de famille répondant au doux nom de « joyeux pinsons ». Clarence éclata de rire. Cela devenait de plus en plus drôle ! Il retrouva tout son sérieux après avoir consulté la liste des pensionnaires du moment.

– Goodfellow, s'étonna-t-il à voix haute.

Goodfellow figurait parmi les joyeux pinsons. Qu'est-ce que ce cinglé venait faire là-dedans ? Et pourquoi s'affichait-il sous son nom véritable ? À moins que... Oui, c'était sûrement cela. Le vieux bouc faisait une chèvre très convenable ! Les renardeaux avaient fouiné, comme à leur habitude. Ils n'avaient pas supporté que lui, Clarence, leur arrache les documents sur le mont Aiguille. Folle curiosité, folle jeunesse ! Dans leur désir de revanche, dans leur obstination à découvrir la vérité, ils étaient tombés dans un traquenard. Mais ils s'en étaient sortis. C'était un bon point, ça voulait dire qu'ils étaient toujours vaillants. Malheureusement, devenir les proies d'un service de renseignements américain, voilà qui hypothéquait gravement leurs chances de survie ! Cela changeait tout. Les événements prenaient une autre tournure et Clarence sentit l'excitation le gagner.

– Bien, bien, susurra-t-il, plus on est de fous et plus on rit !

Il rédigea presque joyeusement son message crypté.

De Minos au Grand Stratégaire, in occulto.

Informations captivantes ! La partie s'annonce serrée, plus compliquée que prévu et tant mieux. J'ai une piste, une idée se dessine. À suivre.

Il rangea le matériel informatique dans son caisson blindé et démarra la voiture. Le moteur ronronna. Il roula tranquillement en direction de l'Athénée Plaza où il avait pris ses quartiers, comme chaque fois qu'il venait à Paris.

Washington, DC — États-Unis. Les doigts crispés sur son téléphone, Rob B. Walker sentit une froide colère l'envahir. Il ferma les yeux et s'efforça de conserver tout son calme.

– Vous les avez laissés filer. Je suis très déçu… Je me moque de ce que vous pensiez ! Oui ce sont des gosses, et alors ?… Un comportement d'adultes ? Vous vous êtes laissé surprendre ?… Des incapables, voilà ce que vous êtes ! Ce n'était pas compliqué, pourtant ! Tout ce que vous aviez à faire, c'était enregistrer leur conversation avec ce Goodfellow et les cueillir à la sortie !… Non, ne faites plus rien, surtout. Quelqu'un d'autre va reprendre l'affaire. Vous vous mettrez sous ses ordres...

Le général raccrocha rageusement et essaya de retrouver son calme en arpentant la pièce.

Ses hommes n'étaient de toute évidence pas adaptés à une mission en Europe. Certes, ils avaient réussi la partie observation de l'opération et tenaient des enregistrements à sa disposition. Ça, c'était pour lui, Rob B. Walker. Parce qu'il voulait savoir ce qu'on lui cachait. Parce qu'il voulait comprendre. Mais le MJ-12 attendait autre chose de sa part : les gosses, les gosses en personne ! Il n'avait plus le choix : il devait faire appel au mercenaire qu'il tenait en réserve à Paris pour un plan B. Et employer les grands moyens.

Le général s'était laissé surprendre. Il avait sous-estimé les gamins. Il fallait réagir, et reconsidérer les éléments du dossier rouge. Il se félicita d'avoir prévu de quoi rebondir.

– Numéro 13 ? dit-il sèchement dans le combiné. Ici Numéro 12. L'opération de Londres s'est mal passée... Je me moque que vous vous en doutiez !... Non, mes hommes ont assuré, la question n'est pas... J'ai du mal à vous comprendre, votre accent est très fort... Oui, c'est exactement ça : vous êtes désormais en charge de l'opération. Fowler et Fisher seront sous vos ordres. Je vais faire surveiller les principales gares et les aéroports de Londres et de Paris. À la moindre apparition des gosses, je vous fais signe et vous intervenez. Mais n'oubliez pas : je les veux vivants !

Agustin raccrocha et alluma aussitôt une cigarette. Une toux rauque lui déchira immédiatement les poumons. Il allait crever s'il continuait à fumer autant. Mais c'était plus fort que lui.

Enfin, il venait de recevoir le coup de téléphone qu'il

attendait. Il savait que Numéro 12 courait à l'échec en confiant son opération de Londres à des agents gouvernementaux qui n'avaient jamais eu la réputation d'être discrets. En sous-estimant les mômes, aussi. Mais il n'avait rien dit. Il voulait que son employeur se tourne vers lui. En tout cas, s'il s'était personnellement rendu à Londres, ces sales mômes ne lui auraient pas échappé.

Il écrasa son mégot dans le cendrier aux trois quarts plein trônant sur la table, au milieu de la chambre qu'il louait dans un quartier populaire de Paris. Les hôtels de luxe, ce n'était pas son truc. Question de style.

Agustin avait le sourire. Maintenant, il avait deux hommes à lui, comme cet enfoiré de Clarence autrefois. Chef, ça allait lui plaire ! Dès que ces bons à rien de Fowler et de Fisher seraient à portée de main, il les giflerait pour les punir de leur échec.

Soudain, une terrible douleur lui vrilla le cerveau. Comme une mèche de perceuse qui lui aurait perforé le crâne et qui vrombirait juste derrière ses yeux. Il ouvrit en tremblant le tube qu'il conservait dans la poche de sa veste et avala deux cachets. Il dut attendre plusieurs minutes avant que le mal s'estompe partiellement. Maudits gamins ! Engeance du diable !

L'épisode de la grotte de Saint-Maurice lui revint en mémoire, comme après chaque crise. Alors qu'il les tenait presque, les gosses l'avaient assommé par-derrière. Il avait retrouvé ses esprits à l'hôpital de Valence, où Clarence l'avait abandonné comme un chien. Il avait subi un sérieux traumatisme. Le chirurgien l'avait mis en garde contre des séquelles possibles, lesquelles n'avaient pas tardé à se manifester, sous la forme de douleurs violentes à la tête que seuls de puissants et dangereux médicaments parvenaient à calmer. Sa haine pour Violaine, Claire, Arthur et Nicolas s'en était trouvée décuplée.

Il se promit, dès qu'il en aurait le temps, d'aller dans la première église venue pour allumer un cierge à la Vierge. Il tenait enfin sa vengeance ! Numéro 12 le lui avait dit : les gosses devaient être capturés vivants. Mais lui, Agustin, il se réjouissait à l'idée de les tuer tous les quatre, avec son couteau, lentement, artistiquement. Ça n'arrangerait pas ses maux de tête, mais, son honneur vengé, il serait enfin en paix avec lui-même.

Il s'allongea sur le lit et prit son mal en patience. Les jeunes aiment le mouvement. Ils ne tarderaient pas à s'agiter sous l'œil délateur d'une caméra de vidéosurveillance.

Mes geôliers pensent que parce que je m'obstine, je ne tiens pas à la vie. Ils se trompent. Ce qui compte ce n'est pas la vie, c'est ce que l'on fait d'elle...

(Extrait de *Considérations intempestives*, par Eduardo Milescu.)

VIII.

Arcanum proferre : révéler un secret

Le dragon se posa lourdement sur le sol. Elle sentit son souffle brûlant. Malgré la terreur qui la saisit, elle se força à ouvrir les yeux. Elle ne distingua pas grand-chose. Une créature énorme se tenait devant elle. Un corps de reptile, deux pattes trapues à l'arrière, deux ailes immenses traînant par terre, un cou musculeux, long et mobile, une tête de tortue à laquelle on aurait ajouté une mâchoire de phoque et dont on aurait remplacé les yeux par des braises. Pas de mains, seulement une griffe sur chaque aile, pour s'accrocher aux pics ou aux tours. Le dragon feula et elle crut qu'elle allait mourir. Mais il la saisit et, dans un effort qui lui arracha un nouveau feulement, il s'éleva dans les airs et l'emporta en direction de la crypte...

Violaine sursauta. Elle s'était assoupie quelques secondes dans son fauteuil pendant que les autres s'installaient à leur tour dans le carré première classe de l'Eurostar, seules places libres sur le premier train en partance et obtenues en versant un substantiel supplément. Quel rêve étrange ! Elle resta songeuse en constatant qu'elle réussissait à garder son calme, après avoir vécu par l'esprit des choses si terrifiantes. Peut-être parce qu'elle n'avait pas rêvé assez longtemps, ou bien parce que ce n'était pas un vrai sommeil ? Elle s'ébroua.

– Vous avez vu ? dit fièrement Nicolas. On est encore passés les doigts dans le nez avec nos faux passeports !

– Personne ne nous attendait à la gare, fit remarquer

Violaine. Ce qui confirme que Clarence n'est pas dans le coup. Ou bien qu'on se trompe depuis le début : après tout, peut-être que c'était Goodfellow la cible.

– Bon, fit Arthur en se frottant les mains, puisqu'on parle de Goodfellow, on le déballe ce paquet ? Sinon, j'ouvre un livre de sudokus. C'est tranquille les première classe, mais moi, il faut que j'occupe mon cerveau impitoyable !

Arthur avait l'air en forme. Ou bien faisait semblant de l'être. Violaine lui en fut reconnaissante. Elle ne se sentait pas la force de tout prendre encore sur ses épaules.

Elle posa sur la table du carré l'objet que le vieil homme traqué leur avait remis quelques heures auparavant.

– On dirait une énorme tablette de chocolat, dit Nicolas.

– Ça t'arrangerait bien, hein ? le taquina Claire.

– Le chocolat contient des molécules de bonheur, répondit le garçon impassible. C'est donc un ingrédient indispensable pour ne pas complètement déprimer en votre compagnie... Aïe !

– Ça t'apprendra à être plus gentil, rétorqua Claire après l'avoir frappé.

Pendant ce temps, Arthur faisait un sort à l'emballage. Il sortit du paquet un vieux livre épais, abîmé et à la couverture jaunâtre, ainsi qu'un cahier rempli d'une écriture serrée.

Quelque part dans les Visayas — Philippines. Autour du grand yacht ancré à bonne distance des barques de pêcheurs patrouillaient des hommes armés en combinaison de plongée, juchés sur des jet-skis. C'était le matin, et le soleil tapait déjà fort. Une faible houle clapotait contre la coque blindée au Kevlar. Au loin, derrière la langue de sable de la plage, des cocotiers balançaient leurs feuilles effilées au-dessus des cahutes en bois du village.

Dans le vaste carré lambrissé de bois rare, assis dans de confortables fauteuils, dix hommes devisaient à l'abri d'un masque blanc. Les climatiseurs ronronnaient discrètement, offrant aux conversations un fond sonore feutré.

– Bien, dit celui qui semblait diriger les débats, voilà un problème réglé. À propos de problème, Majestic 3, où en sommes-nous avec nos « Quatre Fantastiques » ?

– J'ai une mauvaise nouvelle, Majestic 1, annonça un homme rondouillard élégamment vêtu. Les enfants nous ont échappé à Londres. Mais Walker a de la ressource, il va les retrouver.

– Nous l'espérons tous, conclut Majestic 1. Passons au point suivant...

– Qu'est-ce que c'est ? demanda Nicolas en observant avec curiosité le livre qu'Arthur avait extirpé du paquet.

L'ouvrage, broché, avait la taille d'un semi-poche. Les feuilles écornées et jaunies dégageaient une odeur de vieux papier. Sur la couverture, le titre apparaissait en lettres gothiques, au-dessous du nom de l'auteur.

– *Le Devisement du monde*, déchiffra Claire.

– C'est le récit des voyages de Marco Polo en Asie, précisa immédiatement Arthur. Une édition ancienne on dirait.

Les autres ouvrirent des yeux ronds.

– Quel rapport avec les extraterrestres ? s'étonna Nicolas.

– Je n'en ai aucune idée, dit Arthur en ouvrant le cahier. L'explication se trouve certainement là-dedans.

Il se plongea aussitôt dans la lecture des notes écrites par Goodfellow. Nicolas en profita pour récupérer le livre.

– Ce bouquin pue le moisi, fit-il remarquer en le secouant. En tout cas, rien n'a été glissé à l'intérieur.

– Fais voir, ordonna Violaine au garçon qui s'en défit de mauvaise grâce.

Elle fit défiler les pages devant ses yeux.

– Pas de feuille cachée au milieu du texte comme dans le livre d'Ézéchiel, annonça-t-elle déçue.

– Ça serait trop facile, commenta Nicolas en reprenant le livre.

– Alors Arthur ? demanda Claire. Tu trouves quelque chose ?

– Patience, les filles. C'est long et Goodfellow écrit tout petit !

– Fais-nous signe quand tu auras quelque chose, soupira Violaine.

– Moi, en attendant, je vais lire les aventures de Marco Polo, dit Nicolas.

– Pourquoi toi ? objecta Claire.

– Priorité au plus jeune, répondit Nicolas qui ne semblait pas près de céder.

– Justement, intervint Violaine, tu es peut-être trop jeune pour ce qu'il y a dedans, il vaut mieux qu'on le lise d'abord.

– Hors de question, s'obstina Nicolas. C'est moi qui l'ai pris en premier, vous attendrez votre tour.

Claire et Violaine cédèrent de mauvaise grâce et se mirent à bavarder, guettant une réaction des garçons plongés dans leur lecture.

– C'est assez barbant, soupira Nicolas. Ce type n'a sûrement pas lu Rimbaud pour écrire aussi mal.

– Plutôt normal pour quelqu'un qui a vécu il y a sept siècles ! se moqua Claire.

Nicolas lui lança un regard noir et s'apprêta à répondre. Mais Arthur ne lui en laissa pas le temps.

– C'est incroyable ! s'exclama-t-il tout à coup.

Arthur avait l'air ébahi. Il resta un moment sans bouger, le regard perdu dans le vide.

– Tu as découvert quelque chose ? demanda Violaine avec impatience.

– Plutôt, oui ! répondit Arthur en se secouant. Je vais vous résumer ce que j'ai appris...

Ils l'écoutèrent avec attention.

– Ce cahier, commença Arthur, comporte deux parties. La première est consacrée au mystère extraterrestre. D'abord, Goodfellow en dresse un historique. Un historique qui commence en 1947. Pourquoi cette date ? C'est l'époque des premières soucoupes volantes observées dans le ciel de l'Idaho, ainsi que du fameux incident de Roswell. Vous vous rappelez ? Claire a trouvé tout ça sur internet.

– C'est l'histoire de la soucoupe volante qui s'est écrasée au Nouveau-Mexique ? dit Nicolas. Avec dedans un corps d'extraterrestre que l'armée a décortiqué, c'est ça ?

– Pour la plupart des spécialistes, c'est un canular, rappela Claire.

– Exact, confirma Arthur. D'ailleurs, Goodfellow émet de sérieux doutes sur toutes ces affaires. Si 1947 reste une date clé, c'est pour d'autres raisons, qu'il ignore. Quoi qu'il en soit, l'histoire moderne des extraterrestres commence vingt ans avant les missions Apollo ! Souvenez-vous, l'US Air Force lance ensuite plusieurs études sous la pression d'une opinion publique qui se passionne pour le sujet : *Sign* en 1948, *Grudge* en 1949, *Blue Book* en 1951.

– Mais *Blue Book* prend fin en 1968 et conclut à l'absence de preuves de l'existence extraterrestre, rappela Claire. À la même époque, les mille pages du rapport Condon, une commission scientifique civile chargée de statuer sur ce mystère, parviennent au même résultat.

– Qu'est-ce que Goodfellow pense de tout ça ? demanda Violaine.

– C'est maintenant que ça devient vraiment intéressant, reprit Arthur. Pour Goodfellow, ces projets officiels ou semi-officiels, cette agitation autour des extraterrestres, eh bien tout cela n'est que du vent.

Il y eut un silence.

– Du vent ? répéta Claire. Que veux-tu dire ?

– Et les extraterrestres sur la lune ? renchérit Nicolas, choqué.

– Goodfellow reste obscur, répondit Arthur. Il pense que le mystère extraterrestre est un leurre que l'on agite sous les yeux du public pour dissimuler autre chose.

– Ça devient touffu, grogna Violaine. Donc, si je comprends bien, les Américains auraient fait des pieds et des mains pour cacher l'existence d'extraterrestres sur la lune, extraterrestres qui, en fin de compte, n'existeraient pas...

– Waouh, la prise de tête ! commenta Nicolas.

– Goodfellow a cru autrefois détenir un grand secret, continua Arthur. Il s'est rendu compte plus tard qu'il était dérisoire par rapport à la vérité. Une vérité qu'il imagine démentielle mais qu'il n'a, malgré tous ses efforts, jamais découverte. Pour résumer, il sait aujourd'hui qu'il ne sait rien.

– Le seul qui pourrait nous aider en est incapable, c'est bien ça ? dit Claire d'une voix désabusée.

– Pas tout à fait, annonça Arthur en ménageant son effet. Dans la deuxième partie de son cahier, Goodfellow parle longuement des Templiers.

– Les Templiers, tu veux dire les moines-chevaliers qui vivaient en Europe au Moyen Âge ? demanda Nicolas.

– Oui, confirma Arthur. Goodfellow a consacré des années à les étudier !

– Attends, intervint Violaine, pas si vite. Tu peux me dire ce que les Templiers, vieux de huit cents ans, viennent faire dans cette histoire ?

– Je vais essayer, dit Arthur. J'ai lu pas mal de bouquins sur le sujet, vous savez ?

– On s'en doute…

– Je ne vais pas jouer au prof, continua-t-il, mais pour faire court, l'ordre des Templiers a été créé par des chevaliers français à la suite de la première croisade, au début du XIIe siècle. Cet ordre a connu ensuite un essor considérable, en Terre sainte bien sûr où il gardait les routes et participait à toutes les batailles, mais également en Europe. Au début du XIVe siècle, les Templiers disposaient en Occident de dix mille commanderies. Ils contrôlaient les principaux réseaux bancaires. Si le Temple était un ordre religieux et une milice, il fonctionnait également comme une entreprise, du genre multinationale ! De plus, l'Ordre échappait à toute juridiction et à toute imposition, et dépendait directement du pape. C'était quasiment un État souverain et presque une Église indépendante ! Jusqu'en 1307 où le roi de France Philippe le Bel et son ami le pape Clément V se sont entendus pour dissoudre l'Ordre, emprisonner ses membres, confisquer ses biens et envoyer au bûcher le grand maître Jacques de Molay.

– Je ne comprends toujours pas pourquoi Goodfellow fait intervenir les Templiers, insista Violaine, incrédule.

– Laisse parler Arthur, dit Nicolas, il n'a pas terminé !

– C'est vrai, dit Arthur avec un sourire en coin. La thèse de Goodfellow est étonnante. Elle s'appuie sur la fin tragique des Templiers, qui comporte de nombreuses zones d'ombre, et sur deux éléments principaux : la disparition des archives de l'Ordre et le port de La Rochelle. Il faut savoir que les archives du Temple n'ont jamais été retrouvées. Ensuite, parmi les nombreux ports dont disposait l'Ordre, celui de La Rochelle, sur l'Atlantique, pose problème : il ne servait à rien ! Trop au sud pour des communications avec l'Angleterre, trop au nord pour relier le Portugal où l'Ordre était solidement implanté. Pourtant, en 1307, la veille de l'arrestation des Templiers, trois chariots transportant des coffres mystérieux ont quitté le Temple de Paris pour La Rochelle où leur chargement a été embarqué par des navires de l'Ordre qui ont pris la mer et disparu à jamais.

– Il y avait quoi dans ces coffres ? s'enquit Nicolas dont les yeux brillaient.

– Le trésor du Temple, répondit Arthur. Ne va pas t'imaginer des pièces d'or et des bijoux : ce trésor comportait certainement les fameuses archives évaporées. Des documents qu'il fallait mettre à tout prix en lieu sûr.

– Pourquoi ces archives étaient-elles si importantes ? demanda à son tour Claire que le récit captivait.

– Durant presque deux siècles, reprit Arthur, les Templiers ont eu un accès privilégié au monde et à ses secrets. Des secrets, d'après Goodfellow, si énormes qu'ils ne devaient pas tomber entre toutes les mains. Mais j'en viens maintenant à son hypothèse. Tenez-vous bien : si farfelu que cela paraisse, c'est dans les coffres du Temple que se trouverait la réponse au mystère d'Apollo 11 !

– N'importe quoi, soupira Violaine.

– Ça paraît difficile à croire, renchérit Claire. En plus, le trésor des Templiers, ce n'est pas nouveau comme délire !

– Moi ça me plaît bien, dit Nicolas. Les histoires de chevaliers, j'adore !

– Laissez-moi terminer, intervint Arthur, vous jugerez ensuite. Car une question reste en suspens : où sont partis les navires templiers chargés du trésor de l'Ordre ?

– Comment on pourrait le savoir ? demanda Violaine en haussant les sourcils. On n'est pas historiens. Ni devins.

– On peut répondre à la question en en posant une

deuxième, poursuivit Arthur. À quoi servait réellement le port templier de La Rochelle ?

– Allez, craqua Nicolas, ne nous fais pas languir !

– Sur le grand tympan de la basilique templière de Sainte-Madeleine, à Vézelay, commença mystérieusement Arthur après un bref coup d'œil dans le cahier de Goodfellow, on peut voir un homme pourvu d'oreilles immenses et vêtu de plumes. Dans les Archives nationales, sur l'un des sceaux de l'Ordre saisi par les gens de Philippe le Bel en 1307, il y a un homme vêtu d'un pagne et coiffé de plumes, brandissant un arc. Au-dessus, on peut lire l'inscription *secretum templi,* « secret du Temple ».

– Alors ? le pressa Claire.

– Vous ne devinez pas ? Eh bien les Templiers connaissaient l'existence des Indiens plus de deux siècles avant la découverte du Nouveau Monde par Christophe Colomb ! Ils se sont rendus régulièrement en Amérique depuis le port de La Rochelle, échangeant armes et savoir-faire technique contre l'argent des mines côtières, argent qui leur permettait de consolider leur pouvoir en Europe ! C'était ça, le secret des Templiers...

Washington, DC — États-Unis. Rob B. Walker écoutait attentivement l'enregistrement de la conversation entre Goodfellow et les « Quatre Fantastiques ». Qu'est-ce que c'était que cette histoire d'extraterrestres ? Et de lune ? Pourquoi ces gosses se sentaient-ils si concernés ? Le général tapota son bureau d'une main agacée. Il avait deviné juste : cette affaire de gosses à retrouver en cachait une autre, beaucoup plus sulfureuse. En liaison avec les extraterrestres. Les petits bonshommes verts, ce n'était pas son truc, mais il avait entendu parler de l'affaire Roswell, de la Zone 51, des apparitions de soucoupes volantes et des mystérieux enlèvements dans les zones rurales. Il se promit de se renseigner plus avant. Pour l'heure, il devait retrouver ces mômes, les capturer et les livrer sains et saufs au MJ-12. Il se demanda comment Agustin allait s'y prendre, et s'il allait réussir. Parce qu'une chose au moins crevait les yeux dans cette affaire : ces gosses n'avaient rien d'ordinaire...

Nicolas, Violaine et Claire se regardèrent, ahuris.

– Tu veux dire que l'Europe commerçait avec l'Amérique au Moyen Âge ? s'étonna Claire, incrédule.

– Je veux dire, enfin Goodfellow veut dire, que l'argent utilisé en Europe par les Templiers venait d'Amérique, des côtes d'Amérique du Sud plus précisément, et que le port de La Rochelle servait à son importation, répéta Arthur.

– Et les archives ? demanda Violaine.

– En 1307, les archives du Temple ont suivi tout simplement la route inverse ! Anticipant la tragédie à venir, l'Ordre s'était assuré en Amérique des bases de repli. Les Amérindiens ont-ils trouvé et détruit ces archives ? Les conquistadors les ont-ils récupérées ? Goodfellow pense que l'Ordre a tout prévu et qu'il a mis son trésor à l'abri, loin des dangers et des convoitises. Sans doute les Templiers pensaient-ils simplement attendre que les choses se calment en France. En ce cas, ils avaient sous-estimé l'ampleur de la tragédie. Où qu'ils aient pu être cachés, ces coffres y sont sûrement encore !

– Mais comment Goodfellow a-t-il su tout cela ? s'exclama Violaine, pas encore convaincue. Ce n'est pas du tout ce que l'on apprend à l'école !

– Goodfellow a effectué des recherches très poussées, répondit Arthur. Son cahier est une mine d'informations. Il s'est servi des travaux de nombreux historiens. Mais surtout, il a eu accès à ceci.

Arthur arracha le livre des mains de Nicolas et le brandit.

– Cet exemplaire du *Devisement du monde* est la copie d'une édition introuvable ! Tout le monde connaît Marco Polo, mais moins les conditions dans lesquelles son célèbre récit fut rédigé. Marco Polo a dicté ses souvenirs pendant qu'il était en prison à Gênes, en 1298, à un écrivain originaire de Pise, Rustichello. Le livre est constitué de chapitres qui retracent cinq itinéraires. Le plus mystérieux reste le cinquième itinéraire, qui n'est pas le résultat d'expériences personnelles. Il semble le fruit de ouï-dire, de récits rapportés. Par des camarades de captivité ? Peut-être. Et le fait que l'un d'eux soit un ancien marin templier n'est pas dénué d'intérêt ! Je vais y revenir... Il existe plus de cent quarante manuscrits établis à partir de la version originelle. Ces textes sont différents les uns des autres : nombre, ordre, contenu des chapitres. Pour ne rien arranger, un homme du nom de Thibaut de Chépoix a rendu visite à Marco Polo à Venise. Comme par hasard en 1307 ! Il s'est arrangé pour se faire donner une copie du *Devisement* qu'il a fait corriger et largement distribuer. Or, dans les versions établies à partir de là, il semble que les derniers chapitres, certainement inspirés par l'ancien templier emprisonné avec Marco Polo, aient été supprimés, comme s'ils étaient gênants ! Goodfellow a mis la main sur une version antérieure à l'intervention de Thibaut de Chépoix, c'est-à-dire une version comportant les chapitres disparus.

– Des chapitres qui parlent des Templiers ! s'exclama Nicolas.

– Des Templiers en Amérique, compléta Arthur, Templiers que Marco Polo désigne sous le nom de Tecpantlaques. Mais ce n'est pas tout. Pendant que les archives de l'Ordre voguaient vers l'Amérique, en 1307, de nombreux templiers gagnaient le Portugal où le roi Denys leur offrait asile et protection. Puis, en 1320, les Templiers ont été en quelque sorte nationalisés et ont pris le nom d'ordre du Christ. Du coup, le *secreti templum* est devenu aussi le secret du roi du Portugal. Car il existait une carte du Nouveau Monde, dressée par l'Ordre déchu. Cette carte, comme peut-être l'argent des Templiers, explique en partie comment le petit Portugal a pu devenir ensuite la première puissance maritime du monde !

– On s'égare, là, soupira Violaine.

– Pas du tout ! s'insurgea Arthur. On sait que Christophe Colomb a pu consulter avant son voyage la carte du roi du Portugal. Colomb possédait par ailleurs un exemplaire, annoté par ses soins, du *Devisement du monde*. Plus troublant encore : Magellan a, lui aussi, eu accès à la fameuse carte des Templiers. Mais c'est après la lecture du *Devisement du monde* qu'il a décidé d'appareiller en direction du détroit qui porte aujourd'hui son nom.

– Tu peux conclure ? le supplia Violaine. Je commence à avoir mal à la tête.

– Si tu veux avoir encore plus mal, ironisa Nicolas, je te conseille d'essayer de lire le pavé de Marco Polo !

– Je termine, annonça Arthur. J'ai été un peu long mais je voulais que vous compreniez le cheminement suivi par Goodfellow avant de connaître sa conclusion ! Pour lui, les coffres templiers contiennent un ou plusieurs secrets en rapport, je ne sais pas comment, avec la mystification des missions Apollo. Ces coffres se trouvent en Amérique. Grâce au *Devisement du monde* et à la fameuse carte du roi du Portugal dont il existe aujourd'hui des copies, Goodfellow a pu identifier l'endroit précis où ils se trouvent.

Il agita le cahier sous le nez de ses amis.

– Alors, qu'est-ce que vous en dites ?

– Pourquoi est-ce que Goodfellow n'a pas essayé d'aller lui-même à la recherche du trésor ? s'étonna Nicolas.

– Par manque de temps, répondit Arthur en haussant les épaules. Ou par frousse. Les deux sans doute : Goodfellow est un homme traqué.

– Moi je dis que cette histoire ne nous concerne plus s'il n'y a rien à découvrir sur la lune, annonça abruptement Claire. Goodfellow l'affirme : les extraterrestres, c'est n'importe quoi ! Une illusion. À laquelle nous avons cru...

Elle semblait tout à coup désespérée.

– Je ne suis pas d'accord avec toi, objecta doucement Violaine. Les documents que l'on a trouvés sur le mont Aiguille existent ! On en a assez bavé pour le savoir... Et puis, Goodfellow affirme aussi que les coffres cachés renferment l'explication du mystère. Il faut en avoir le cœur net. Je propose, moi, de suivre la piste qu'il a tracée jusqu'à ce fameux trésor !

Son ton énergique galvanisa ses amis. Même Claire redressa la tête.

– Moi, dit Nicolas, je trouve qu'on progresse. On cherchait une piste, on en a une ! Et puis ça me plaît, l'idée de repartir sur la trace des chevaliers !

– Je suis avec Violaine, dit Arthur. Goodfellow a vraiment réfléchi au problème, on ne part pas à l'aveuglette.

– Et on part où ? finit par demander Claire en se ralliant elle aussi à la proposition de Violaine.

– Au Chili, répondit Arthur, d'un ton qui mit un terme à la discussion.

Il fallait conclure, en effet. Une migraine des grands jours couvait depuis un moment dans le tréfonds de son crâne, allumée par le voyage, Goodfellow et les informations du carnet. Il se tassa dans son fauteuil, sous le regard désolé de ses amis, et rabattit son blouson sur sa tête, attendant l'orage, le déferlement de la douleur qui le laisserait pantelant et démuni comme un nourrisson...

CXCIV. Clair-de-Lune

[…] Mais nous cesserons de parler d'Argoun et nous vous parlerons du pays de Piaui.

(Marco Polo, *Le Devisement du monde*, fin du chapitre 194 tel qu'il est écrit dans le manuscrit des Ghisi, antérieur aux manipulations de Thibaut de Chépoix.)

IX.

Deprendere : surprendre, intercepter

Je me suis rendu compte que mes trois petits singes boudaient. Je les délaissais au profit des chiffres ! J'avais troqué mon mur contre des grilles, me disaient-ils sans parler. J'ai regardé Alfred mais il gardait ses mains devant les yeux. J'ai essayé de raisonner Achille mais il ne voulait rien entendre. Je me suis tourné vers Anatole mais il a refusé d'ouvrir la bouche. Alors, une fois rentré dans notre tanière, poussé et tiré par mes fidèles amis, j'ai demandé un feutre, un morceau de mur et la permission de gribouiller. La crise était passée mais je tremblais encore pas mal, c'est vrai. J'avais essayé de rester stoïque, mais tous ces métros et tous ces trains, ces espions et ces Templiers, cela faisait beaucoup. Beaucoup trop. Chers petits singes ! J'ai passé toute la nuit avec eux, et au matin, on s'était réconciliés...

– Il reste du Nutella quelque part ? lança Arthur à la cantonade après avoir ouvert quelques placards dans la cuisine.

– Regarde du côté de la cafetière, répondit Antoine sans se retourner.

Assis dans le salon de son appartement de la Butte aux Cailles, sur l'un des coussins entourant une table basse, Antoine faisait face à Violaine, Claire et Nicolas. Son visage exprimait la stupéfaction.

– Tu peux répéter, Violaine ? J'ai sans doute mal compris !

– Je disais, répéta la jeune fille en le regardant dans les yeux : Antoine, on a besoin de toi pour aller au Chili.

Antoine se leva, maîtrisant un mouvement d'humeur.

– C'est dingue ! Vous débarquez ce matin, « Bonjour Antoine », « Je peux prendre une douche, Antoine ? », « Il reste du Nutella, Antoine ? », « Tu nous emmènes au Chili, Antoine ? » !

– On n'a pas dit : « Tu nous emmènes au Chili », le coupa Violaine, mais : « Tu nous accompagnes au Chili », c'est pas pareil.

– Je ne vois pas ce que ça change, répondit Antoine qui s'échauffait.

– La différence est flagrante, pourtant, dit Arthur en posant sur la table le pot déjà largement entamé qu'il avait enfin déniché. Dans le premier cas c'est toi qui as la main, dans l'autre c'est nous.

Antoine respira à fond pour retrouver son calme. Violaine fit les gros yeux à Arthur.

– Qu'est-ce que j'ai dit ? s'étonna le garçon dont les traits tirés indiquaient qu'il n'avait pas beaucoup dormi. Ce n'est pas vrai ?

– Si, reconnut-elle, mais il y a des façons de le dire.

– Ce n'est pas le problème, dit Antoine le plus posément possible. Arthur a une franchise inimitable que j'apprécie… généralement. Mais bon Dieu, Violaine, il y a des limites à mon ouverture d'esprit !

Antoine s'était mis à marcher de long en large dans la pièce.

– Depuis le jour où ces faux policiers ont débarqué chez moi pour m'assommer et essayer de vous enlever, j'ai compris qu'il fallait faire, avec vous, le deuil de la logique et de la raison. J'aurais pu régler le problème en refusant de vous aider quand vous êtes revenus. Mais je ne l'ai pas fait et je me demande bien pourquoi !

– Parce que tu nous aimes bien ? dit Claire avec un sourire hésitant.

Violaine les avait prévenus dès le départ : Antoine ne

s'étonnait jamais de rien. Pourtant, c'est vrai qu'ils n'y allaient pas de main morte !

Antoine continua comme s'il n'avait pas entendu.

– Vous débarquez régulièrement pour prendre une douche ? D'accord. Vous refusez de me dire où vous logez ? Soit. Chaque fois que je vous vois, vous m'avez l'air en bonne santé alors je ne dis rien. Et puis vous m'avez demandé de vous ouvrir un compte bancaire, avec une carte internationale, s'il vous plaît. Ça, c'était déjà limite. Il faut que j'aie une sacrée confiance en toi, Violaine ! Remarquez, je ne vous pose pas de questions et pourtant il y aurait de quoi. Je suis tombé hier sur un de vos relevés de compte. Je ne sais pas ce que vous trafiquez, mais vous êtes plus riches que moi !

Nicolas pouffa. Antoine le foudroya du regard.

– Moi je ne trouve pas ça drôle, dit-il sèchement avant de se tourner à nouveau vers Violaine. Et maintenant, vous voulez que je vous serve de chaperon jusqu'au Chili ! Vous ne trouvez pas que vous poussez le bouchon un peu loin, là ?

– Pour l'argent, se défendit Violaine, on a rien fait de malhonnête, je te jure ! C'est Arthur, il gagne des championnats de sudokus sur internet...

– On sait qu'on te demande beaucoup, dit Claire en levant sur Antoine ses grands yeux bleus. Après, on ne t'embêtera plus, promis. C'est vrai que des mineurs peuvent prendre l'avion tout seuls. Mais on leur pose des questions. C'est plus compliqué. Il vaut mieux voyager avec un adulte.

– Plus compliqué, ricana Antoine. Qu'est-ce qu'il ne faut pas entendre ! Est-ce qu'il y a une seule chose pas compliquée avec vous ?

– On te paye le billet, continua Violaine en prenant un ton suppliant. S'il te plaît, Antoine, on a que toi sur qui compter !

La jeune fille avait mis tout son cœur dans sa requête. C'était la seule arme qu'elle pouvait utiliser avec Antoine. Jamais elle n'utiliserait son étrange pouvoir sur lui, elle se l'était juré !

Antoine comprit qu'il allait céder. Il se sentait dépassé, comme toujours. Face à ces quatre gosses, il avait le sentiment dérangeant que sa propre existence ne pesait pas grand-chose. Leurs soucis devenaient, sans qu'il puisse l'expliquer, des priorités.

Il ne se défendit plus que pour la forme.

– Enfin, j'ai un travail moi !

– Ça ne sera l'affaire que de quelques jours, dit Nicolas pour enfoncer le clou. Un simple aller-retour. Tu es architecte indépendant, tu n'as même pas de copine : tu peux t'absenter sans te faire gronder ! Alors profites-en.

– Merci, Nicolas, de me rappeler que la fille que j'aimais m'a quitté pour un autre, grimaça Antoine. C'est très délicat de ta part.

– Je suis désolé, ce n'est pas ce que je voulais... essaya de se rattraper Nicolas, consterné.

– C'est la faute de ma sœur, intervint Violaine. Elle n'aurait jamais dû partir.

– Bah, laissez tomber. Vous avez raison. Si je ne profite même pas de cette liberté-là, je passerai vraiment à côté de tout !

Vaincu, Antoine vint se rasseoir.

– Vous ne voulez pas me dire, au moins, pourquoi vous devez absolument aller au Chili ?

Ils secouèrent la tête tous les quatre.

– Et vous êtes sûrs que je ne peux pas rester avec vous, une fois sur place ?

Ils hochèrent la tête avec un bel ensemble.

– Arrêtez, dit Antoine qui ne put s'empêcher de rire, on dirait ces petits chiens qu'on voit à l'arrière des voitures !

– Alors c'est oui ? insista Violaine.

– Comment est-ce que je pourrais refuser quelque chose à ma petite sœur ?

– Ex-petite sœur, corrigea Violaine pour l'embêter, avant de se pencher et de l'embrasser furtivement sur la joue.

– Bon, réclama Antoine, maintenant dites-moi : le départ est prévu pour quand ?

– Pour samedi, annonça Arthur. Un vol direct pour Santiago. Claire a pris des billets électroniques sur internet.

– Pour moi aussi ? demanda Antoine surpris.

– On savait que tu finirais par dire oui, avoua Violaine avec un sourire désarmant.

– Tu ne vas pas te plaindre ! poursuivit Nicolas. Samedi, c'est pas tout de suite, ça te laisse le temps de faire ta valise.

– Pas bien grosse, hélas, soupira Antoine après avoir gratifié le garçon d'un coup de coussin. Pourquoi est-ce que vous me donnez toujours l'impression que ma vie était plate jusqu'à ce que je vous rencontre ?

Washington, DC — États-Unis. Le général Rob B. Walker avait le visage fermé. Il repensait à cet Agustin Najal, sur qui reposait désormais le succès de la mission. Le mercenaire avait beau lui avoir été recommandé par un collègue ravi de ses services, il ne l'aimait pas. Il n'aimait pas le ton qu'il employait pour lui parler et encore moins la façon dont il avait accueilli l'échec de l'opération londonienne. D'accord, le général avait commis une faute : il avait choisi ses hommes en fonction de leur loyauté plus que de leur fiabilité. Cependant, il déniait totalement à un simple mercenaire le droit de lui faire la leçon ! Maintenant, il était obligé de s'en remettre à ce Latino chafouin et de lui laisser la bride sur le cou. Il n'aimait pas ça du tout.

En trente ans de carrière, il avait appris à juger les hommes. Il n'avait jamais vu ce Najal mais quelque chose dans sa voix le rendait nerveux. L'homme n'était pas net. Enfin, c'était trop tard. Il ne lui restait plus qu'à prier, ou à réviser ses plans de fond en comble. Le MJ-12 aurait-il la patience d'attendre ? Il en doutait.

Son téléphone sonna et le tira brusquement de ses réflexions.

– Allô ? Oui, je reconnais votre voix... L'échec de ma mission ? Mais comment avez-vous fait pour... Une dernière chance, très bien... Je comprends... Les jeunes toujours vivants, évidemment...

Rob B. Walker resta sur place, sans bouger, un long moment après la fin de la communication. Décidément, ce n'était pas son jour ! Il aurait mieux fait de rester chez lui devant un match de base-ball, en sirotant une bière.

Le MJ-12 savait. L'échec de Londres n'était plus un secret. Cela voulait dire que son téléphone était sur écoute, ou bien que ses fidèles agents faisaient leur rapport en double exemplaire. Les deux, peut-être.

Rob B. Walker déglutit. Il prenait peu à peu conscience de l'importance du jeu auquel il jouait. Car enfin, il était général trois étoiles, un homme important que l'on aurait dû respecter. Pas un citoyen lambda que l'on espionne ! L'espace d'un instant, il se sentit dans la peau d'un simple troufion soumis aux caprices d'un sergent-chef. Majestic 3 lui avait sèchement laissé comprendre qu'il n'avait plus droit à l'erreur. Ce qui lui était apparu quelques jours plus tôt comme un test, une forme adulte de bizutage, se transformait progressivement en affaire beaucoup plus sérieuse.

Le général secoua la tête et retrouva ses esprits. Qui n'avance pas recule : une règle de base. Or les regrets ne faisaient pas avancer. Que risquait-il s'il échouait ? De ne pas figurer dans le cercle des initiés ? Il serait terriblement déçu, certes, mais il s'en remettrait. Pour l'heure, la partie n'était pas encore finie. Même s'il avait confié son destin à Agustin Najal, un type auquel il n'aurait même pas dû prêter un trombone ! En attendant, il assemblait patiemment les pièces du puzzle qu'on voulait lui cacher. S'il parvenait à en savoir plus sur les dessous de la mission « Quatre Fantastiques », il pourrait toujours négocier ses informations ! Assurer ses arrières : encore une règle qu'il avait toujours respectée.

CXCV. Le pays de Piaui

Le pays de Piaui se trouve outre-océan. Il faut par l'est un nombre de jours si grand qu'il n'est pas possible de les compter. Mais par l'ouest, trente jours de navigation suffisent. On raconte qu'un Roi Blanc vit dans les montagnes, au bord d'un lac grand comme une mer. Son palais de pierre est recouvert d'or. On y parvient en remontant un fleuve, à travers une région peu hospitalière. Mais revenons au pays de Piaui. Les gens qui l'habitent sont de petite taille et ont le teint de la couleur du cuivre. On les appelle Tupis et je vous assure que c'est un étonnement de les voir se fondre en un instant au milieu des arbres ! Ils vivent le long du fleuve et dans la lagune. Ils utilisent pour chasser d'étranges tubes et des flèches propulsées par leur seul souffle. Les Tupis exploitent des mines d'argent et fabriquent des lingots qu'ils entassent en un lieu appelé Panco. Là, des navires venant d'une terre située à l'ouest nommée Tula les chargent en échange de couteaux d'acier. Ces hommes sont blancs et barbus et sont appelés Tecpantlaques par les Tupis de Piaui. Mais j'ai fini de vous parler de cette contrée et je parlerai dorénavant des Tecpantlaques qui sont étonnants, vous verrez comment.

(Marco Polo, *Le Devisement du monde*, manuscrit des Ghisi, chapitre 195.)

X.

Is datus erat locus : c'était le lieu du rendez-vous

Le premier type que j'ai tué, c'était un Chilien. Ça aurait pu être un Américain ou un Chinois. C'était juste un type qui n'avait pas choisi le bon moment pour s'égarer dans Comodoro Rivadavia. J'ai été dénoncé mais on ne m'a pas arrêté. On m'a félicité. Les nouveaux maîtres du pays aimaient ce genre de manifestations patriotiques. Moi, avec l'argent que j'avais piqué au Chilien, j'ai commencé à faire ma pelote. J'ai saigné deux caïds dans mon quartier qui se prenaient pour des durs. Au couteau, pour changer. Le soir même, plusieurs gars sont venus spontanément m'offrir leurs services. J'ai vite pris le contrôle des quartiers environnants. J'ai laissé pas mal de cadavres derrière moi, mais ils sont passés inaperçus au milieu des purges du nouveau régime. Je n'oubliais pas, de temps en temps, de faire personnellement la peau d'un militaire. Au fusil, debout. En souvenir de mon pote Pablo. Je crois que j'en ai flingué un de trop. On a commencé à s'intéresser à moi d'un peu trop près. Je suis parti aux États-Unis, il y avait du boulot pour des types comme moi. C'était dommage, la ville était enfin mienne. Je n'ai jamais pu en profiter...

Agustin rugit de joie. Les mômes avaient pris leur temps mais ils avaient fini par mettre le nez dehors ! Ils étaient à l'aéroport de Roissy et arpentaient le hall du terminal 2E.

L'information que Numéro 12 venait de lui transmettre datait d'une demi-heure à peine. Compte tenu des délais d'enregistrement imposés par les compagnies aériennes, ils étaient sûrement venus très en avance. Agustin avait immédiatement demandé que l'on décortique les listes de passagers pour tous les vols en partance du terminal 2E. Il aurait pu le faire lui-même depuis son ordinateur qui disposait des mots de passe nécessaires, mais il n'aimait pas l'informatique et cela lui aurait pris trop de temps. Il s'était juste contenté de passer commande, pour lui et ses sbires, de billets électroniques sur les derniers vols de la soirée. Tokyo pour les Américains. Rio de Janeiro pour lui. Une précaution indispensable pour pouvoir pénétrer, si les fugitifs les y obligeaient, dans la zone d'embarquement.

Il déplia son téléphone portable.

– Foolish ? Fresbee ?

Il se félicitait d'avoir rappelé les deux hommes à Paris.

– On se retrouve à l'aéroport Charles-de-Gaulle, terminal 2E. Le plus rapidement possible.

Bien. L'affaire pouvait se régler en moins de deux heures. Il lui faudrait ensuite, depuis le Brésil, regagner l'Argentine fissa. Il disposait là-bas de contacts qui lui assureraient une relative sécurité. Le temps que son employeur se calme, ce qui risquait de prendre du temps, vu ce qu'il allait faire aux gosses.

Il ouvrit sa valise et prit le temps d'y ranger ses affaires, soigneusement pliées. Il abandonna sous le matelas son pistolet-mitrailleur qui ne lui serait d'aucune utilité à l'aéroport. Puis il vérifia qu'il portait toujours, glissé dans un étui contre sa jambe, le couteau en fibre de carbone. Si les gosses avaient déjà passé le contrôle de sécurité, l'obligeant à gagner à son tour la zone d'embarquement, son arme de carbone ne déclencherait aucune alarme. En cas de fouille systématique ou s'il sentait les policiers tendus, il s'en déferait avant et achèterait après une bouteille de vin ou de bière, qu'il irait casser sur une cuvette de W-C, dans les règles de l'art. Un tesson bien fait, manié avec dextérité, ça valait presque un couteau !

Le téléphone sonna. Le visage d'Agustin s'assombrit en

apprenant que les noms des gosses n'apparaissaient sur aucun vol. Cela signifiait soit qu'ils n'avaient pas prévu de prendre un avion, soit qu'ils utilisaient de fausses identités. Il allait donc devoir improviser.

Il quitta la chambre, héla un taxi et promit au chauffeur un gros pourboire s'il parvenait rapidement à Roissy.

Quelque part dans la mer de Sulu — Philippines. La conversation des hommes masqués était devenue plus informelle, en même temps qu'ils avaient les uns après les autres gagné le pont supérieur. Le soleil avait disparu et le soir avait apporté, en même temps que l'obscurité, un peu de fraîcheur. Des serveurs en livrée passaient avec des plateaux remplis de petits-fours et de verres de champagne. Le bateau fendait les vagues, bousculant les algues phosphorescentes et abandonnant dans son sillage des milliards d'étoiles.

Majestic 1 s'approcha de Majestic 3.

– Vous semblez soucieux. Craignez-vous un nouvel échec de la part de Walker ?

– Je crains davantage, avoua Majestic 3 en s'épongeant le front. Pas de Walker mais du mercenaire qu'il a engagé. Ce Najal est un homme instable, indépendant dans le mauvais sens du terme. D'après mes sources, il aurait déjà eu affaire aux enfants dans le passé. Ses intentions sont indiscernables. J'en viens presque à souhaiter qu'il échoue.

– Ce Walker n'est pas un bon choix, en définitive.

– Chaque jour qui passe nous le confirme, hélas…

– On peut choisir son siège ? demanda Nicolas à l'hôtesse qui, derrière son comptoir, enregistrait les sacs à dos mis sous plastique.

– Hélas non, répondit-elle en lui souriant mais en évitant de le regarder dans les yeux, gênée par ses lunettes d'aveugle. Le vol est complet en classe Tempo. Par contre, poursuivit-elle pour Antoine, j'ai réussi à vous mettre tous à côté.

Elle était bien mignonne avec ses cheveux bouclés et ses yeux verts.

– C'est très gentil, mademoiselle, la remercia Antoine.

– Quand on peut rendre service, pourquoi ne pas le faire ? répondit-elle en lui jetant un regard appuyé.

– Fais gaffe, lui souffla Nicolas dans l'oreille, elle te drague !

– Ils sont à vous tous les trois ? plaisanta l'hôtesse.

– Heureusement que non, soupira-t-il. Je ne suis que le tonton. Et il y en a un quatrième qui roupille sur un banc !

– Eh bien, bon voyage et bon courage ! termina-t-elle en lui tendant les coupons d'enregistrement. J'ai surligné en jaune la porte et l'heure de l'embarquement.

– C'est adorable ! Il vous arrive de passer une soirée à Paris ? Je connais un restaurant qui... Ehhhhhhh !

Violaine et Claire l'avaient tiré en arrière et l'entraînaient hors du périmètre d'enregistrement, sous le rire de la jeune femme.

– M'enfin, qu'est-ce qui vous prend ? s'étrangla-t-il. Mais lâchez-moi !

– On te lâchera quand on sera loin de cette femme, annonça Violaine. Tu n'es pas ici pour batifoler mais pour veiller sur nous, tonton !

– Exactement, confirma gravement Claire qui, comme son amie, ne tenait en réalité pas à rester trop longtemps sous l'œil des caméras, plus nombreuses près des comptoirs d'enregistrement.

– D'accord, les filles, d'accord ! dit Antoine en se dégageant, avec un léger rire. Je n'avais pas compris...

– Compris quoi ? continua Violaine en le fixant, les mains sur les hanches.

– Oh rien, dit-il franchement amusé. Vous êtes jalouses, c'est tout.

– Jalouses ? s'exclamèrent en même temps les deux filles.

– Dans tes rêves ! lui balança Violaine.

– Oui, dans tes rêves, répéta Claire offusquée.

Antoine fit un clin d'œil à Nicolas qui arborait un franc sourire.

– Au lieu de dire n'importe quoi, tu ferais mieux de nous offrir à boire, exigea Violaine, boudeuse.

L'ambiance feutrée d'un bar était plus propice à la discrétion que la lumière aveuglante du hall.

– Après tout, se vengea Claire, on t'offre le voyage !

– Il y a un café, là, dit Nicolas. On a largement le temps de se poser.

– Très bien, se rendit Antoine de bonne grâce, on récupère Arthur, on lui enlève son bandeau, ses boules dans les oreilles, et on y va !

– Foolish, Fresbee ! Où étiez-vous passés ?

– Nous, c'est Fowler et Fisher, répondit l'un des deux hommes avec une voix excédée. On a fait un tour dans le terminal en vous attendant.

– Vous les avez repérés ?

– Pas encore. Il y a beaucoup de monde. Des groupes, surtout.

– Bien, termina Agustin. On se sépare. Le premier qui les voit appelle les autres sur la fréquence 2. Messieurs, en chasse !

Assis dans un fauteuil de plastique bleu au centre du terminal, dissimulé derrière un magazine, Clarence observait tranquillement la petite bande qui venait d'entrer dans un café. Il aimait ces ambiances d'aéroport, froides, impersonnelles, le brouhaha qui montait jusqu'aux poutres métalliques du plafond, le dallage clair et lisse balayé sans conviction par des employés écrasés par la démesure de la tâche. Il aimait observer les gens qui passaient en poussant des chariots remplis de bagages, les passagers inquiets plantés sous le panneau annonçant les vols. Au milieu de toute cette agitation, il avait, lui, la satisfaction de rester immobile et d'attendre. Aujourd'hui plus que n'importe quel jour ! S'il avait pu relâcher son attention, il serait même allé s'offrir une coupe de champagne. Cela ne lui arrivait pas souvent mais, aujourd'hui, il était très content de lui.

Il avait retrouvé la petite bande sans passer un seul coup de téléphone, sans même ouvrir son ordinateur ! Il s'était contenté de réfléchir. Quatre gosses livrés à eux-mêmes dans Paris, même s'ils n'étaient pas ordinaires, avaient besoin d'aide pour survivre. L'aide d'un adulte, puisque cette société était une société d'adultes. Et qui connaissaient-ils dans la capitale ? Cet imbécile d'Antoine, celui de l'appartement de la Butte aux Cailles, qu'Agustin avait proprement assommé le mois dernier ! Clarence avait donc monté une planque. Il avait attendu mais il n'avait pas été déçu : la bande avait fini par débarquer, sac au dos, tous excités comme des puces. Il aurait pu les intercepter au pied de l'immeuble. Les tuer, même, s'il avait voulu, sans qu'ils aient le temps de bouger le petit doigt. Mais il ne l'avait pas fait. Il avait profité de ce moment unique où ils étaient à sa merci sans qu'ils le sachent jamais. Puis il les avait laissés partir. Pour pouvoir les suivre. Parce qu'il voulait savoir ce que tramaient les renardeaux qui leur valait l'attention d'une agence.

Une filature discrète dans le métro et le RER l'avait conduit jusqu'ici. Maintenant, dans un peu moins de trois heures, Violaine, Claire, Nicolas, Arthur et leur chaperon allaient s'envoler pour Santiago du Chili. Pourquoi ? La curiosité de Clarence était aiguisée au plus haut point. Il décrocha son téléphone et appela le service de réservation d'Air France.

– Ça vous va, ici ? s'enquit Antoine en désignant une table en bois dans un coin du bar.

L'endroit restait ouvert sur le terminal mais contrastait agréablement avec le gigantisme aseptisé du hall. L'ambiance y était presque chaleureuse.

– Parfait ! répondit Violaine.

Antoine fit un signe au serveur. Ils passèrent commande.

– C'est la première fois que je vais prendre l'avion, dit Nicolas. C'est flippant !

– Pour tout le monde c'est la première fois, précisa Arthur. Il faut bien des premières fois.

– Oui, continua Nicolas, mais de temps en temps, les premières fois sont aussi les dernières. Regarde, les salsifis par exemple, je n'en ai mangé qu'une seule fois. Imagine que l'avion s'écrase ? Ou qu'il explose en vol ?

– Quel rapport avec les salsifis ?

– Aucun, c'était un exemple de première et de dernière fois.

Antoine trouvait l'échange très drôle. Il envisagea d'apporter son grain de sel, mais Violaine leva les yeux au ciel.

– Stop, par pitié ! Vous allez me rendre folle ! Arthur, tu as pris tes sudokus ?

– Oui. Une grammaire et un dictionnaire d'espagnol, aussi. Et puis j'ai mon nécessaire-à-dodo ! Ne t'inquiète pas, Violaine, tout ira bien.

– J'espère, grogna-t-elle, parce qu'il est interdit de fumer ET de dessiner des singes dans les toilettes des avions…

– À propos de toilettes, annonça Nicolas, il faut que j'y aille.

– Moi aussi, dit Arthur en se levant.

Violaine et Claire échangèrent un regard apitoyé.

– Et après, ils vont se moquer des filles, soupira Claire.

Au même moment, le serveur apporta les commandes.

– On ne vous attend pas, les prévint Violaine. Tant pis pour vous !

Clarence ignora la file d'attente qui grossissait de minute en minute devant l'enregistrement des bagages. Il s'approcha du comptoir réservé aux première classe et aux classe affaires.

– Clark Kent, annonça-t-il en tendant son passeport, je viens de réserver par téléphone la dernière place en première classe !

L'hôtesse pianota sur son clavier sans manifester d'émotion particulière. Clarence constata une fois de plus que l'identité civile de Superman, qu'il s'était amusé à faire figurer sur son faux passeport, laissait les gens indifférents.

– Effectivement monsieur Kent, confirma la jeune femme. Vous avez seulement ce petit sac ? Pas de bagages ?

Le sac en question contenait le matériel dont il ne se séparait jamais. Surtout pas pendant une planque.

– Disons que je suis parti un peu précipitamment !

Elle lui tendit son coupon.

– Nous serons ravis de vous offrir à bord tout ce dont vous pourriez avoir besoin pendant le vol, lui assura la jeune femme.

– Je n'en doute pas une seconde, mademoiselle.

Durant tout le temps de l'enregistrement, Clarence n'avait pas quitté des yeux le bar dans lequel Violaine et ses amis étaient entrés.

Il retourna s'asseoir au même endroit. Cette position centrale lui convenait parfaitement. En se penchant légèrement en avant, il distinguait même les renardeaux autour d'une table en bois, qu'un serveur vint garnir de verres et de tasses. Il vit Arthur et Nicolas sortir du bar et se diriger vers les toilettes toutes proches.

« Laurel et Hardy », songea-t-il amusé en suivant des yeux l'improbable duo.

Qui savait, parmi les milliers de personnes présentes dans le terminal, que l'un de ces enfants pouvait derrière ses grosses lunettes de soleil ridicules voir l'intérieur de votre corps et que l'autre disposait d'un cerveau à faire griller de jalousie un ordinateur ? Personne ! Et qui aurait pu se douter que, là-bas, sagement assise devant son verre de sirop, une jeune fille avait le pouvoir de vous faire haïr votre meilleur ami, tandis que sa copine était capable d'escalader une falaise de cent mètres de haut en moins de 0,2 seconde ? Personne... Lui seul, Clarence, était dans le secret. Oh, il avait payé cher pour cela : son équipe était désintégrée et ses dernières certitudes avaient volé en éclats. Le jeu en valait-il la peine ? La joie sincère qu'il éprouvait à les retrouver semblait indiquer que oui !

Un mouvement suspect mobilisa immédiatement son attention. Deux hommes s'apprêtaient à entrer dans les toilettes où Arthur et Nicolas venaient de disparaître. Deux hommes portant un costume inimitable...

– Les types de Londres ! murmura Clarence.

Novembre 2001, une loi américaine (Aviation and Transportation Security Act) oblige les transporteurs aériens à transférer vers la base de données IBIS, via le réseau APIS, les données personnelles des passagers et membres d'équipage des vols pour les États-Unis. Juin 2002, une autre loi exige des compagnies aériennes l'accès direct aux systèmes de réservation et aux dossiers personnels des passagers, sans que ceux-ci en soient informés ; la Commission européenne donne son feu vert en mars 2003. Février 2003, une nouvelle loi américaine autorise le transfert de ces données à la CIA et au FBI. Avril 2005, toutes ces dispositions sont étendues aux vols du monde entier...

On pourrait s'étonner de la facilité avec laquelle les Américains arrivent à imposer leurs exigences au niveau mondial. Mais qui sait, par exemple, que dans le domaine des technologies de l'information la dépendance à l'égard des États-Unis est totale ? Qui sait que le registre de référence permettant au système internet de fonctionner est détenu par un ordinateur unique, et que ce serveur-racine se trouve en Virginie ? Un seul clic et tous les .fr cessent de fonctionner. De quoi obtenir bien des concessions dans un monde gouverné par les réseaux et l'échange de données…

(Extrait du *Monde sous surveillance*, par Phil Riverton.)

XI.

Perversus, a, um : renversé, tourné à l'envers

Des images de mon enfance reviennent me hanter. J'espère que ce n'est pas le signe d'une mort prochaine ou, pire, d'une sénilité précoce ! Je me revois par exemple jouant à la guerre dans les bois, des branches accrochées à mes vêtements pour me fondre au milieu des feuilles, sautant avec mon fusil en plastique sur mon pauvre frère terrifié. Ou bien dans les carrières de sable, creusant des marches sur les parois et m'élevant à des hauteurs faramineuses sous son regard angoissé. Rudy était plus âgé mais de santé trop fragile pour faire un compagnon de jeu convenable. À sa décharge, il n'a jamais rapporté aux parents mes extravagances ni les risques que je prenais. Nos moments de complicité, nous les trouvions le soir. Je le rejoignais dans sa chambre. Je m'allongeais sur la moquette, sur le dos, les mains derrière la nuque, prêt à partir dans d'autres univers. Alors Rudy choisissait un livre et il me le lisait…

Clarence jura. Il disposait de très peu de temps pour agir. Il vérifia le contenu de ses poches et constata avec soulagement que la cagoule de soie dont il s'était muni quand il surveillait l'appartement d'Antoine, dans la perspective d'une intervention physique, était toujours là. Il s'était débarrassé de son pistolet, trop compromettant, en arrivant à l'aéroport. Mais son absence ne le dérangeait pas. Quand on est entraîné à tuer avec un cure-dents, on se trouve rarement démuni !

Il se tourna vers sa plus proche voisine, assise à deux fauteuils de lui.

– Puis-je vous confier mon sac le temps de me rendre aux toilettes ?

Un sourire tint lieu d'acquiescement. Il roula le plus serré possible la revue derrière laquelle il se cachait et, armé de cette matraque improvisée, s'élança en direction des sanitaires.

– Comment tu la trouves, Claire ? demanda Nicolas en se collant devant un lavabo.

– Mieux, répondit Arthur sans hésiter. Elle est moins absente.

– Depuis qu'on bouge à nouveau, elle a repris des couleurs !

– Il lui fallait de l'action, peut-être. Claire entretient avec le mouvement des rapports particuliers. L'immobilité n'a pas l'air de lui convenir.

– L'immobilité ne convient à personne, conclut Nicolas, espiègle, en appuyant sur le poussoir du distributeur de savon. Sauf aux légumes comme toi !

Arthur n'eut pas le loisir de répondre. La porte des toilettes s'ouvrit brutalement et deux hommes cagoulés firent irruption. L'un resta près de l'entrée et s'empressa de couvrir d'un tissu noir la caméra en faction au-dessus de la porte. L'autre se précipita vers eux, tenant deux bâillons dans la main.

Nicolas poussa un cri. Mais si ce n'est constater que l'homme avait deux fausses dents et un pistolet sous sa veste, ses capacités extraordinaires ne lui servaient présentement pas à grand-chose ! Il serra les poings et se prépara à accueillir leur agresseur.

Arthur au contraire comprit immédiatement qu'ils étaient cuits. Il n'y avait personne d'autre dans les toilettes. Quant à Violaine et Claire, les seules qui auraient pu intervenir, elles étaient trop loin.

Il se demanda juste qui étaient ces hommes, ce qu'ils

leur voulaient et allaient leur faire. Il ne chercha même pas à se défendre.

Clarence tourna la poignée et constata que la porte était bloquée de l'intérieur. Il recula de un mètre, vérifia que personne alentour ne lui accordait d'attention particulière et balança son pied de toutes ses forces contre la porte.

L'homme resté à l'entrée fut projeté en avant et beugla un *« Hell ! »* qui fit se retourner son comparse. Entre-temps Clarence avait enfilé sa propre cagoule et s'était glissé à l'intérieur.

Il commença par vérifier la caméra au-dessus de lui. Hors service. Ces types connaissaient leur boulot. Puis il se laissa tomber au sol, évitant de justesse la balle tirée par un pistolet à silencieux qui alla se perdre dans le mur. Il roula vers le premier, le faucha avec la jambe et, d'un coup sec sur la trachée avec la revue transformée en matraque, lui régla son compte. L'autre le mit en joue. Avec une rapidité stupéfiante, Clarence lui lança le magazine au visage. L'homme fit un mouvement pour se protéger et recula. Cela suffit à Clarence pour arriver jusqu'à lui et lui asséner un coup précis dans l'entrejambe. Un second coup à la gorge acheva le travail. Clarence était à peine essoufflé.

Sans un regard pour Arthur et Nicolas, stupéfaits, qui n'avaient pas bougé d'un pouce, il fit un dernier roulé-boulé vers la sortie. Devant eux, il ne pouvait pas se permettre de marcher, ni même de courir : ils l'auraient identifié tout de suite à son boitillement. Or, il ne tenait pas à être reconnu. Pour conserver une longueur d'avance, il devait bénéficier de l'effet de surprise.

Il s'apprêtait à quitter les lieux quand la porte s'ouvrit encore. Il eut juste le temps de se plaquer contre le mur.

– Qu'est-ce que vous foutez ? Vous deviez m'attendre ! Je…

L'intrus resta interdit en découvrant la scène. Il portait lui aussi une cagoule, mais Clarence reconnut immédiatement sa voix. Surpris, il hésita. Il se ressaisit quand l'homme se pencha et se redressa, un couteau à la main. Clarence balança son poing sur sa nuque. Assommé, l'homme alla percuter un urinoir. Clarence s'éclipsa.

Quelques instants plus tard, ayant récupéré son sac et remercié la gentille voisine, il marchait tranquillement en direction d'un marchand de journaux. Il avait perdu sa revue dans la bataille, et une bonne revue était toujours d'une grande utilité. Ça sautait aux yeux, parfois ! Il s'amusa de sa propre plaisanterie. Un peu d'action, rien de tel pour garder le moral.

– Il faut partir, vite ! annonça Nicolas, à bout de souffle, en rejoignant les autres.

– Vous n'avez même pas bu vos verres, s'étonna Antoine.

– Laisse tomber les verres ! répliqua Arthur. On a voulu nous enlever dans les toilettes ! Il ne faut pas rester là !

Les autres ne bougèrent pas, éberlués.

– Allez, grouillez, quoi ! s'énerva Nicolas en lançant des regards derrière lui.

Ils réagirent enfin et se levèrent précipitamment. Entraînés par Nicolas et Arthur, ils coururent presque jusqu'à l'entrée de la zone sous douane.

Antoine joua, là encore, son rôle d'accompagnateur, et les formalités se déroulèrent sans anicroche. Les faux passeports passèrent comme des vrais et, mis à part Nicolas qui, dans l'affolement, avait oublié des pièces dans sa poche, personne ne déclencha la sonnerie du portique.

Ils repérèrent la porte par laquelle ils devaient embarquer et s'assirent à l'écart, dans des fauteuils d'où ils pouvaient surveiller la zone.

Se sentant enfin en sécurité, Arthur résuma pour leurs amis qui brûlaient d'impatience l'incroyable scène à laquelle ils avaient assisté.

– C'est dingue, commenta Violaine comme à son habitude. Deux hommes masqués se jettent sur vous, un troisième entre et vous sauve, un quatrième arrive et se fait assommer. Vous êtes sûrs que ce n'est pas une mauvaise blague ?

– Sûrs et certains, dit Nicolas dont le cœur battait encore la chamade. Pourquoi on inventerait une histoire pareille ?

– Vous n'avez reconnu personne ? demanda Claire. Ce n'était pas Clarence ?

– Comment veux-tu qu'on le sache ? répondit Nicolas. Ils portaient tous des cagoules.

– Vous auriez pu leur enlever, pour voir qui c'était, regretta Violaine.

– Ouais, désolés d'avoir paniqué ! railla Nicolas. On a surtout pensé à s'enfuir, ma vieille ! Et tu aurais fait la même chose à notre place !

– Peut-être, grogna-t-elle. En tout cas, j'aurais su tout de suite si c'était Clarence.

Antoine décida d'intervenir.

– Bon, c'est fini les parlotes ? Si on se comportait enfin en personnes responsables ?

– Qu'est-ce que tu veux dire ?

– Que les bêtises ont assez duré ! Il est plus que temps d'aller voir la police et de tout lui raconter !

– Lui raconter quoi ? intervint Claire. Tu as vu comme c'était efficace, la dernière fois que tu as eu affaire à elle ?

– Les types qui sont après nous se moquent bien de la police, continua Violaine. Ils sont capables de tout, on le sait, on a eu l'occasion de le vérifier. Toi aussi, Antoine ! Tu as encore une bosse derrière la tête.

– En tout cas, dit tranquillement Arthur, ce n'est pas moi qui irai expliquer d'où viennent nos passeports.

– Il y a plus difficile à expliquer, continua Nicolas en regardant Antoine. La présence d'un homme avec quatre jeunes fugueurs recherchés par la police suisse, par exemple.

– Tu... s'étrangla Antoine. Mais c'est du chantage !

– Non, tenta d'expliquer Violaine. Nicolas disait juste ça pour te faire comprendre qu'on a tous quitté la légalité. Emportés par les circonstances, peut-être, mais on ne peut compter que sur nous-mêmes maintenant.

Antoine était abasourdi.

– Ça veut dire que je n'ai pas le choix, c'est ça ? Que je suis obligé, que je le veuille ou non, de rester votre complice ?

Le silence qui accueillit ses questions fut éloquent. Antoine se leva.

– Je vais aller m'acheter une bière. J'ai besoin d'un remontant.

Il s'éloigna, légèrement voûté.

– Parfois je me déteste, se désola Violaine.

– Ce n'est pas ta faute, la consola Claire en mettant un bras autour de ses épaules. Ce n'est la faute de personne. C'est comme ça, c'est tout.

– Je ne comprends pas, dit Nicolas en secouant la tête. Ça n'a pas de sens. Londres, et puis ici. Et ce gars qui est venu à notre secours ! Qu'est-ce qu'on nous veut, à la fin ? La dernière fois, on avait volé un livre et des types voulaient le récupérer. C'était clair ! Mais maintenant, je ne vois pas.

– Moi non plus, avoua Arthur.

– Qu'est-ce qu'on va faire ? demanda Claire.

– Ce qu'on sait faire de mieux, finalement, soupira Violaine. Remonter la piste, résoudre le mystère. Sans se laisser prendre ni dépasser.

– Il n'y a même plus la vie du Doc dans la balance, fit remarquer Nicolas.

– Non, reconnut Violaine. Ce coup-ci, il y a nos propres vies.

Antoine revint alors que les hôtesses présentes devant la porte d'embarquement invitaient les première classe et les classe affaires à se présenter en priorité. Il n'adressa pas la parole au petit groupe, se contentant de boire sa bière à petites gorgées. Mais quand on appela les autres passagers à monter à bord, il se dirigea avec eux vers la passerelle.

– Du champagne, monsieur ?

Clarence sourit à l'hôtesse qui lui présentait la bouteille.

– Volontiers, mademoiselle. Dites-moi, combien de temps va durer le vol jusqu'à Santiago ?

– Environ douze heures cinquante. Désirez-vous autre chose ?

– Pour l'instant, tout est parfait.

Il inclina son fauteuil vers l'arrière. Il fallait bien l'avouer, les passagers de première classe ne faisaient pas le même voyage que ceux de seconde ! Il leva son verre à un convive imaginaire et vida sa coupe.

Bien. Il disposait de presque treize heures pour réfléchir à cette invraisemblable affaire et mettre au point un plan d'action.

Que voulait-on à ces enfants ? Qui tirait les ficelles cette fois ? Pas le colonel Black. Ni le Grand Stratégaire, bien sûr. Ce dernier l'avait relancé sur la piste des gamins et ce n'était pas son style de jouer double jeu. Quant au premier, il l'aurait contacté, lui avant tout autre, pour prendre en main l'opération ! Il fallait chercher ailleurs, du côté des agences américaines : FBI, CIA, NGA. S'il avait eu le temps, il aurait fait parler les hommes en cagoule. Tant pis. Il finirait bien par le savoir.

Ce qui le surprenait le plus, c'était la présence d'Agustin dans l'histoire. Il l'avait reconnu, tout à l'heure, malgré son masque et sa voix déformée. La dernière fois qu'il l'avait vu, l'Argentin gisait inconscient sur un lit d'hôpital. Il s'en était sorti, donc. Mais il n'avait pas écouté ses conseils, qui étaient de prendre sa retraite et de disparaître. Qu'est-ce qu'il manigançait maintenant ? Clarence ne put s'empêcher de sourire. Celui qui avait loué les services d'Agustin ne savait pas à quoi il s'exposait ! Agustin était incontrôlable. C'était un élément de plus en sa faveur.

Agustin reprit ses esprits au moment où l'homme du service d'entretien poussait un cri de surprise. Le mercenaire se releva tant bien que mal, en proie à des vertiges. Heureusement, son catogan avait amorti le choc. Il commença par assommer l'ouvrier pétrifié, puis il secoua Fowler et Fisher, plus amochés. Celui qui les avait attaqués n'y était pas allé de main morte ! Ils retirèrent leurs cagoules et quittèrent les toilettes en chancelant.

Agustin pensa tout de suite au coup de téléphone qu'il allait devoir passer. Numéro 12 ne serait pas content. Il s'en moquait, mais ça le rendait fou de rage d'avouer son échec à cet Américain stupide ! Seulement, il n'y avait pas d'autre moyen pour pouvoir reprendre la traque que de faire profil bas devant son employeur. Alors tant pis, il jouerait ce rôle, même s'il n'était pas très doué pour la comédie...

– Tu es fâché ? demanda Violaine à Antoine, qui était son voisin de siège dans l'avion.

Claire dormait déjà, fauteuil baissé, pelotonnée dans sa couverture. Arthur compulsait le dictionnaire d'espagnol et Nicolas, écouteurs vissés dans les oreilles, regardait un film sur son écran individuel.

– Non, répondit Antoine. Je suis perdu, c'est tout.

– On est là, tu sais.

– Je sais. C'est le monde à l'envers...

Mes geôliers me disent que ma libération est possible. Mais notre société meurt de cette résignation à ce qui n'est que possible...

(Extrait de *Considérations intempestives*, par Eduardo Milescu.)

XII.

Vehiculum, i, n : moyen de transport

« Mais ici, on est chez nous ! » j'ai dit à Boule-de-poils. Je le trouvais rigolo avec ses yeux jaunes et sa bouche, ouverte sur le rembourrage en laine. « Noooooon Claiiiiiire. Iciiiiii on est chez euuuuuux. » Les lèvres en tissu de mon lapin en peluche bougeaient consciencieusement. Il faisait beaucoup d'efforts pour articuler ! Aussi je le comprenais, mais je ne saisissais pas ce qu'il voulait dire. Cependant, il semblait si malheureux que je n'ai pas eu le cœur de lui poser d'autres questions. « Bon, alors on va rentrer chez nous, je lui ai répondu. C'est par où ? » Il a tourné la tête vers la fenêtre. Je me suis levée en le tenant dans mes bras. « Tu peux marcher ? » Boule-de-poils m'a fait signe que non. J'ai enfilé mes chaussures et j'ai ouvert la fenêtre de ma chambre donnant sur le jardin. J'ai décroché un volet. Ce n'était pas facile avec une seule main, surtout quand on n'est pas bien grande. Et puis j'ai sauté dehors…

– On avait dit Santiago, répéta Claire. Santiago, c'est tout.

– Je ne peux pas vous laisser seuls, soupira Antoine. On est en Amérique du Sud, les rapts d'enfants sont courants et…

– Ah bon ? ironisa Nicolas. Nous, on avait cru remarquer que les enlèvements, c'était plutôt une spécialité franco-suisse !

– Ne t'inquiète pas, poursuivit Violaine en s'efforçant d'être rassurante. Le Chili est un pays tranquille.

– Tout ça, c'est à cause de Marco Polo, expliqua Nicolas.

Antoine adressa au garçon un regard mi-surpris mi-inquiet. Violaine reprit la parole pour conclure.

– Tu es irremplaçable, Antoine. C'est vrai, tu as été adorable de nous aider. Mais on doit faire le reste du voyage seuls. C'est comme ça.

Antoine était près d'insister mais quelque chose le retint : la certitude qu'il ne parviendrait pas à faire entendre raison à Violaine.

Son regard erra un moment dans le hall d'arrivée de l'aéroport de Santiago-Benitez. Beaucoup moins grand que celui de Roissy, il était propre et moderne. Il vit Arthur devant le guichet de change, qui conversait sans problème apparent avec l'employé. Son appréhension diminua d'un cran.

– Alors ? dit-il en écartant les mains en signe d'impuissance. On se sépare là ?

– Ton avion pour Buenos Aires part bientôt, non ? demanda Claire.

– Je n'ai pas encore regardé le billet mais j'ai le temps, je crois.

– Tu repars dans trois heures et onze minutes, dit Arthur, de retour avec une liasse de pesos. On t'a pris ensuite un Buenos Aires-Paris pour demain soir. Tu auras le temps de faire un peu de tourisme.

– Trop gentil, répondit Antoine, grinçant. Mais j'aurais préféré faire du tourisme ici, avec vous.

– Il paraît que les Argentines sont très jolies, lui glissa Nicolas avant de recevoir une claque sur la tête de la part de Claire.

– Bon, décida Violaine, plus on traîne et plus c'est difficile.

Elle s'approcha d'Antoine et l'embrassa, appuyant sur sa joue un baiser plus long que d'habitude. C'était sa façon à elle de lui exprimer sa reconnaissance. Puis Claire le prit dans ses bras et lui murmura un « Merci » vibrant de sincérité. Nicolas se laissa même aller à lui faire la bise. Arthur, lui, lui tendit une main maladroite qu'Antoine serra avec chaleur.

– Prenez soin de vous, leur dit-il d'une voix étranglée tandis qu'ils s'éloignaient.

Ils furent assaillis à la sortie de l'aéroport par une nuée de chauffeurs de taxi. Claire et Violaine eurent une réaction de panique en voyant tous ces gens qui cherchaient à les emmener avec eux. Arthur géra la situation de son mieux et, sans comprendre comment, ils suivirent un homme jusqu'à sa voiture, noire au toit jaune.

– Il fait nettement plus chaud qu'en France, se réjouit Nicolas.

La chaleur qui les attendait aux portes de l'aéroport, en même temps qu'une multitude de fragrances inconnues, avait été leur premier contact avec le Chili, et ils s'étaient regardés, surpris et excités.

– Ça ne durera pas, lui dit Arthur. Plus on va aller dans le sud et plus il va faire froid.

– L'inverse de chez nous, quoi.

– Oui, en France c'est le début du printemps, dans l'hémisphère Sud le début de l'automne.

– Alors c'est pour ça que je me sens tout mélancolique ! plaisanta Nicolas.

Ils s'entassèrent dans le taxi avec leurs sacs. La voiture quitta l'aéroport, les odeurs de chaud et la foule des chauffeurs. Elle s'engagea sur une portion d'autoroute et prit la direction de la ville.

Washington, DC - États-Unis. Rob B. Walker fulminait. L'interception à l'aéroport avait échoué elle aussi ! Sa seule satisfaction était le ton presque penaud qu'Agustin avait employé pour lui faire son compte rendu.

Bon sang ! Désormais, les « Quatre Fantastiques » se trouvaient, pour une raison inconnue, quelque part au Chili. Les chances de les retrouver étaient minimes. En plein Londres, ils avaient filé à l'anglaise. Puis ils s'étaient envolés au beau milieu d'un aéroport. Dans un pays grand comme le Chili, il leur suffisait de se faire tout petits ! Non, l'affaire était très mal engagée.

Heureusement, il avait réagi sans perdre de temps.

D'abord, il avait réussi, par recoupements, à retrouver l'identité sous laquelle voyageaient les enfants et donc à identifier leur destination. À cette occasion, il avait découvert l'existence d'Antoine. Il avait décidé de garder cette information sous le coude. Posséder un coup d'avance pouvait être salutaire dans le jeu qu'il menait avec le MJ-12.

Après, il avait confié à Agustin le soin de débusquer les enfants. L'homme était sud-américain, autant exploiter tous les atouts ! Il lui avait également demandé de tout faire pour découvrir la raison de cette fuite au Chili. Les gosses jouaient une partie dangereuse avec le MJ-12. Les enjeux devaient être considérables ! Cela devenait capital de les connaître.

Ensuite, il avait envoyé Fisher et Fowler cueillir Goodfellow chez lui pour lui soutirer toutes les informations. Le vieil homme possédait certainement des pièces du puzzle, et dût-il en crever, il les livrerait !

Enfin, il avait allumé un cigare. Les longues bouffées qu'il avait tirées avaient ramené le calme dans son esprit. Garder la tête froide, un indispensable préambule à toute action.

– Tu as bien précisé « terminal Alameda » au chauffeur du taxi ? demanda Violaine à Arthur après avoir jeté un coup d'œil sur leur guide du Chili, feuilleté et refeuilleté.

– Oui, répondit le garçon qui regardait avidement par la vitre de la voiture. Ne t'inquiète pas, je connais le guide par cœur.

Comme chaque fois devant la nouveauté, Arthur était partagé entre l'envie de tout voir et celle de se protéger. C'était exactement comme avec une pâtisserie bourrée de crème et de sucre : on payait par des heures de digestion lourde le plaisir de quelques minutes. Le choix était donc facile ! En théorie. Car en pratique, la pâtisserie était bien plus excitante que la perspective d'une bonne digestion…

Ils abandonnèrent l'autoroute et pénétrèrent dans l'une de ces zones urbaines périphériques, tristes et laides, propres à toutes les mégapoles. Ils furent frappés par l'absence d'immeubles. Les zones d'habitation étaient constituées de maisons regroupées en quartiers distincts. Beaucoup tenaient davantage de la cabane que de la villa !

À l'entrée de la capitale, la route se transforma sans crier gare en large avenue totalement encombrée. Des coups de klaxon retentissaient à chaque instant. Des crieurs de journaux se disputaient les trottoirs. Ils s'arrêtèrent à un feu rouge et eurent la surprise de voir un jongleur déambuler au milieu des voitures puis quémander une pièce aux automobilistes.

– C'est dingue ! s'exclama Nicolas.

– Il y a beaucoup trop de monde partout, grogna Violaine.

Les yeux écarquillés, ils découvraient autour d'eux ce que signifiait être vraiment à l'étranger !

Le taxi finit par se ranger le long d'un trottoir, sous un concert de klaxons désapprobateurs. Violaine, Claire, Arthur et Nicolas s'en extirpèrent avec soulagement.

– On ne sera pas seuls, annonça Nicolas.

Émergeant du métro, de bus ou de taxis, des hommes,

des femmes et des enfants, charriant ou traînant d'énormes bagages, convergeaient vers l'une des entrées du gigantesque terminal de bus. Ils étaient arrivés.

– C'est un métro français, crut bon de préciser Arthur. La France aime bien les transports à Santiago ! Eiffel, le papa de la fameuse tour, a dirigé la construction de la gare centrale au XIXe siècle.

Tandis qu'Arthur payait le chauffeur avec l'impression désagréable de se faire gruger, ses trois amis échangèrent un regard amusé. Arthur avait tant lu sur le Chili pour préparer le voyage ! Ils ne couperaient pas à tous ses commentaires...

Ils pénétrèrent ensemble dans la gare routière.

– *¡ Permiso ! ¡ Permiso !* lança Arthur pour s'excuser en se frayant un passage dans la foule.

Dans la vaste cour intérieure, des dizaines de bus étaient à l'arrêt, arrivaient ou partaient, sous l'œil attentif des passagers en attente sur les quais. Les garçons s'amusèrent, ravis, de cette nouvelle agitation. Violaine et Claire s'inquiétaient surtout de sécurité.

À leur grand soulagement, il n'y avait pas de caméra dans le terminal.

Agustin s'agita dans son fauteuil inconfortable. L'avion trouvé au dernier moment pour suivre les fuyards faisait escale à Bogota. Il perdait du temps, beaucoup de temps. Il n'était plus question de Brésil ni de Comodoro Rivadavia pour le moment ! L'Argentin fulmina. Le Chili. Il ne manquait plus que ça. Non seulement il détestait ce pays et ses habitants, mais surtout il savait comme il y était facile de disparaître dans la nature. L'Amérique du Sud, ce n'était pas l'Europe et encore moins les États-Unis ! En Argentine, il aurait pu compter sur des amis, sur un réseau. Au Chili, il était recherché par la police. À cause du meurtre d'un Chilien, à Comodoro Rivadavia, quand il était jeune. Il se félicita de voyager sous une fausse identité.

Agustin essaya de voir les bons côtés de la situation. Il poursuivait l'affaire seul. Fowler et Fisher s'étaient vu attribuer une autre mission par Numéro 12. Il aurait donc les coudées franches ! Sauf que, désormais, son employeur ne souhaitait plus seulement un enlèvement. Il voulait savoir pourquoi les mômes étaient partis là-bas. Agustin avait d'abord ricané. Mais, après réflexion, il s'était dit que s'il parvenait à fournir des informations à Numéro 12, celui-ci serait moins furieux en apprenant la mort des gosses. Seulement, il fallait d'abord leur remettre la main dessus, et Agustin ne voyait pas trop comment. À tout hasard, il avait contacté ses amis argentins. Ceux-ci lui avaient promis d'être vigilants. Il fallait dire que la somme d'argent qu'il avait offerte en récompense incitait à ouvrir l'œil. Il lui faudrait de la chance. Beaucoup de chance.

– C'est dingue ! s'exclama à nouveau Nicolas qui n'en revenait pas de l'animation régnant dans la gare routière. Quand on pense à la France... Vous vous rappelez ce bus que l'on a pris à Montélimar pour aller à La Bégude-de-Mazenc ? On était seuls !

– Au Chili, il n'y a presque pas de trains, expliqua Arthur. Et surtout, les gens ont beaucoup moins de voitures. Il y a quinze millions quatre cent deux mille habitants au Chili et presque cinq millions de pauvres. Le bus reste donc le principal moyen de transport. On aura aucun mal à trouver ce qu'on cherche !

Il se dirigeait déjà vers le hall où se trouvaient les guichets des principales compagnies. Ses amis lui emboîtèrent le pas.

Ils firent la queue devant l'enseigne de Tur-Bus, qui desservait, à en croire le guide Gallimard, tout le sud du pays de façon régulière.

Quand vint leur tour, Arthur commença par exposer leurs intentions.

– *¡ Hola ! Por favor. A cuánto*… non, zut ! *¿ A qué hora hay un bus para el sur ?*

Son espagnol était chaotique mais l'employé patient. L'homme poussa la gentillesse jusqu'à se renseigner auprès de collègues d'une autre compagnie. Un bus partait en fin d'après-midi pour la ville d'Osorno, plaque tournante des bus pour le grand sud. Là, ils auraient une correspondance presque immédiate pour la suite de leur voyage.

Arthur paya, en liquide bien sûr, les premiers billets.

– C'est pas trop cher ? s'inquiéta Violaine.

– Le trajet nous revient à 8 800 pesos chiliens par personne, répondit Arthur en quittant le guichet. Avec un taux de change à environ 690 pesos pour un euro, on va faire presque mille kilomètres pour moins de treize euros.

– Ça aussi, ça nous change de la France, commenta Claire.

– Bon, moi, je n'ai pas envie de poireauter encore une heure debout, grommela Nicolas. Vous n'avez qu'à me laisser les sacs, je les surveillerai pendant que vous achèterez les derniers billets. Assis !

– Fainéant ! lui lança Claire. Tu vas rester assis pendant treize heures dans le bus jusqu'à Osorno, ça ne te suffit pas ?

– Laisse-le, dit Violaine. On est loin de chez nous, tout seuls. Dans une drôle de galère, encore une fois ! Alors essayons plutôt de nous serrer les coudes. Et puis les sacs nous encombrent…

– Je plaisantais, comme on plaisante toujours, s'excusa Claire avec un sourire.

– Je sais, Claire, je sais. Mais c'est déjà assez difficile comme ça.

Nicolas s'installa dans un coin avec les bagages. Les autres prirent place dans la file des passagers qui patientaient devant le guichet de Bus-Sur.

Clarence s'assura que ni le garçon près des sacs ni les trois jeunes gens qui faisaient la queue à l'autre bout du hall ne pouvaient le voir. Rassuré, il se dirigea vers le guichet Tur-Bus sans un regard pour la file d'attente. Il bouscula légèrement les deux jeunes filles présentes devant le comptoir et s'adressa à l'employé dans un espagnol parfait. Les récriminations fusèrent derrière lui mais il n'en eut cure. D'un ton autoritaire, il demanda où partaient les jeunes Français qui venaient de prendre des billets, et à quelle heure. Le guichetier hésita, mais pour éviter que la situation ne s'envenime avec les autres passagers, il préféra donner rapidement les informations, avec une moue désapprobatrice. Clarence le remercia et s'éloigna sous les insultes. Il s'appuya contre un pilier au centre du hall, déplia un journal acheté à l'aéroport et, à l'abri des regards, considéra sa marge de manœuvre.

Il était impossible de monter dans le même bus que les renardeaux. Un autre autocar, avant ou après ? C'était hors de question. Les perdre des yeux trop longtemps, c'était les perdre tout court. Quand il avait pris un taxi pour les suivre depuis l'aéroport, il avait insisté auprès du chauffeur pour qu'il ne se laisse pas distancer ! Non, la meilleure solution était de louer une voiture. Une voiture confortable. Il avait largement le temps puisque les gamins ne partiraient qu'en fin d'après-midi. Seulement, avant, il devait prendre ses précautions.

Clarence quitta le pilier et, profitant des mouvements de passagers, s'approcha de Nicolas, furtif comme une ombre.

Le garçon se sentait fébrile. Il vivait une vraie aventure ! Enfin ! Bien sûr, leur quête des documents cachés par le Doc, avec Clarence et ses hommes sur leurs traces, ça aussi ça avait été une aventure. Une sacrée aventure, même. Mais il manquait à la Drôme le côté exotique, dépaysant, indispensable à l'idée qu'il se faisait de l'aventure. Des gens différents, des odeurs étrangères, une lumière plus crue, il découvrait ça, ici au Chili. C'était effrayant, mais si excitant ! Le simple fait, par exemple, que l'on parle autour de lui une langue qu'il ne comprenait pas, le plongeait dans la perplexité et le ravissement.

Nicolas se leva pour voir s'il n'apercevait pas ses amis.

Soudain, quelqu'un le bouscula par-derrière. Il perdit l'équilibre et se rattrapa de justesse à l'un des sacs, mais ses lunettes furent projetées à terre. Il ferma instinctivement les yeux pour ne pas se trouver submergé par le soudain afflux de lumière.

– Eh, vous pouvez faire attention, non ? cria-t-il avant de se rendre compte que le maladroit ne comprenait sûrement pas le français.

L'homme qui l'avait bousculé ramassa les lunettes et les lui rendit, grognant des excuses en espagnol. Nicolas les chaussa et cligna les yeux. L'homme avait disparu. Il n'eut pas le temps de s'en occuper davantage, ses amis revenaient.

– Ça y est ! annonça Arthur triomphalement. Nos places sont réservées dans le bus de demain matin, à Osorno. Miracle de l'informatique...

– C'est bête, mais je n'imaginais pas ce pays si développé, avoua Claire.

– Il ne l'était pas du temps des Templiers, intervint Nicolas qui avait déjà oublié sa mésaventure. Ils auraient été bien contents d'avoir des bus pour se déplacer !

– Remarque stupide, répondit Arthur en haussant les épaules.

– Quoique, ça aurait pu être amusant ! Que dites-vous de ça : « Sachez que dans ladite contrée où des hommes pilotent comme s'ils souffraient de folie, il existe des chariots qui se meuvent par leur propre force sur les routes et vous amènent du nord vers le sud le temps pour un cheval boiteux de guérir sa colique. On les appelle Haut-au-buste et c'est merveille que de les voir filer comme le vent dans un fracas de tonnerre. Mais je veux parler maintenant des désagréments qu'ont les voyageurs à rester moult heures sur leur séant... »

Violaine, Claire et Arthur rirent de bon cœur.

– Alors là, bravo Nicolas ! dit Claire tandis que le garçon saluait un public imaginaire.

– Plus vrai que nature, reconnut Arthur en faisant mine d'applaudir. Chapeau Nicolo !

Clarence quitta le terminal et arrêta un taxi. Il devait louer une voiture et faire quelques courses indispensables. Ce n'était pas son premier séjour à Santiago, il savait où aller. Mais avant, il lui fallait s'assurer que les renardeaux ne s'évanouiraient pas dans la nature.

Assis sur le siège arrière du taxi, il sortit de son sac un minuscule GPS. Les seize chiffres d'identification de la puce RFID VeriC dernière génération, qu'il avait discrètement collée sur une branche des lunettes de Nicolas, clignotèrent aussitôt. Il appuya sur une touche et les chiffres se transformèrent en un petit point rouge qui resta immobile sur la carte du quartier de l'Alameda.

C'était parfait. Même s'il les perdait, il était à présent en mesure de les retrouver !

CXCVI. Les Tecpantlaques

Les Tecpantlaques commercent donc avec les Tupis, échangeant du fer contre de l'argent. Leurs navires sont grands et solides, ce qui est compréhensible et fortement nécessaire pour traverser l'océan. J'ajoute que les Tecpantlaques sont de bons navigateurs et voici comment. Un passage au sud permet de changer d'océan et de traverser le monde. Dans ce passage, une seule vague peut engloutir cent vaisseaux. C'est également un labyrinthe et le navire qui s'y égare ne retrouve jamais sa route. Les Tecpantlaques connaissent bien ce passage. Ils y ont même établi des fortins. Mais nous allons vous parler de choses nouvelles.

(Marco Polo, *Le Devisement du monde*, manuscrit des Ghisi, chapitre 196.)

XIII.

Invita ope : par une aide involontaire

Un funambule. J'en ai vu un, une fois, la seule fois où je suis allé au cirque. Je n'ai vu que lui. Pourtant il y avait des lions et des éléphants, des acrobates et des trapézistes, des clowns aussi, brrrr, j'ai peur des clowns, ils ne m'ont jamais fait rire ! Et moi je n'avais d'yeux que pour le funambule qui marchait entre terre et ciel sur un fil presque invisible, avec la seule aide d'un immense balancier. C'est ce que je suis devenu aujourd'hui, je crois. Je marche sur un fil, le fil de la raison, tendu au-dessus de l'abîme de la folie. Avec trois singes sur les épaules, une pile de livres dans une main et des bouchons d'oreilles dans l'autre. « Mesdames et messieurs ! » hurle le nain présentateur avec son chapeau haut de forme et ses grosses lunettes noires. « Après la sylphide cinglée dansant une valse avec le vent, après la dompteuse bougonne et ses serpents invisibles, voici le funambule sudokiste et sa troupe de singes handicapés ! »...

Le bus s'était traîné en jouant des coudes hors de Santiago. Il avait emprunté des rues où l'on aurait hésité à s'aventurer à vélo, s'était arrêté à plusieurs reprises pour prendre des passagers au bord de la route. À présent, il fonçait en direction du sud, sur l'autoroute Panaméricaine. Au milieu d'une interminable plaine.

– Et voilà, dit simplement Arthur. On est partis pour de bon.

– J'aime bien le bus, dit Nicolas en hochant la tête.

– Le bus, le train, le métro, de toute façon tu aimes tout, ne put s'empêcher de le taquiner Claire.

Violaine soupira.

– On va devoir supporter ça pendant treize heures ?

– Beaucoup plus, ma vieille, la corrigea Arthur. Il y a neuf cent treize kilomètres jusqu'à Osorno et ensuite deux mille cent soixante dix-sept kilomètres jusqu'à Punta Arenas !

– Ça veut dire qu'on va passer trois jours dans le bus, grogna Violaine. Pas de chance : le seul livre qu'on a pris avec nous, c'est celui de Marco Polo et on l'a tous lu, enfin, parcouru. Eh bien, on va rattraper notre sommeil en retard !

– Il faut voir le bon côté des choses, dit Arthur. Je vais potasser le dictionnaire, ma grammaire, et faire des progrès considérables en espagnol !

– Moi, rester tranquille, ça me va, ajouta Claire.

– Quelqu'un peut me rappeler pourquoi on n'a pas pris l'avion ? demanda Nicolas.

– Pour des raisons de discrétion, répondit Arthur. Je souhaite bien du plaisir à nos poursuivants ! Pas de caméras au terminal, billets payés en liquide, non, vraiment, il faudrait une sacrée malchance.

Clarence quitta à son tour la capitale chilienne à bord d'un véhicule de location noir, aux vitres teintées. La puissante voiture se coula dans le trafic dense de la fin d'après-midi. Il consulta le GPS. Le bus des renardeaux se trouvait à plusieurs kilomètres, sur la Panaméricaine. Il était inutile de se rapprocher davantage, pour ne pas se laisser surprendre par les arrêts impromptus. Et puis, il pouvait les rattraper en quelques minutes. Il régla la climatisation et se détendit. La traque prenait des airs de vacances.

Nicolas se tourna vers Arthur.

– Tu te rappelles, à Aleyrac, quand on a vu arriver Clarence et ses gorilles ? Là aussi on se croyait en sécurité ! Ça ne les a pas empêchés de nous retrouver.

Arthur haussa les épaules.

– Autant mettre toutes les chances de notre côté. On a été grillés à Roissy. Nos fausses identités ne tiendront pas dix minutes quand ils auront consulté les fichiers passagers. Alors on ne va pas leur mâcher le travail, hein ?

– Puisqu'on parle travail, en profita Violaine légèrement sarcastique, quel est le programme à Punta Arenas ? Parce qu'on a du pain sur la planche : il faut d'abord trouver les coffres des Templiers, chercher ensuite dans les parchemins quelque chose en rapport avec les vols Apollo, et enfin découvrir dans quelle mesure on est concernés !

– Je n'arrive pas à intégrer l'idée qu'il puisse y avoir un lien entre les Templiers et les extraterrestres, dit Claire en secouant la tête.

– Il n'y a peut-être pas d'extraterrestres, avança Nicolas.

– Ni de Templiers, compléta Violaine. En tout cas ici, au Chili.

– Je me demande ce qu'on va trouver dans la forteresse des Tecplan... Tlecpan... des Templiers ! dit Nicolas. À part des ennuis, bien sûr. On finit toujours par tomber sur des ennuis !

– Peut-être les fameuses archives, peut-être rien du tout, ajouta Claire. Est-ce qu'elle existe au moins, cette forteresse ?

– La seule façon de le savoir, répondit Arthur, c'est de suivre jusqu'au bout les indications de Goodfellow.

– Ce qui veut dire, en termes de plan d'action ? insista Violaine.

– Goodfellow n'a jamais mis les pieds où nous allons, répondit Arthur agacé. Avant de faire des plans, il faut attendre d'être sur place et de voir nous-mêmes à quoi ressemble la région.

– Ne te fâche pas, dit Claire en posant sa main sur le bras d'Arthur. On te fait confiance. On est juste excités, c'est normal !

– Je ne suis pas fâché, répondit le garçon en lui rendant son sourire. Mais pas excité non plus. Seulement inquiet.

Laissé seul à ses pensées, Arthur ferma les yeux. Oui, il était inquiet et il y avait de quoi. Ce n'était pas comme si c'était la première fois qu'ils fuyaient. Ils savaient ce qu'ils risquaient. Dans la Drôme, Claire avait failli y passer... Oui, ils fuyaient à nouveau. Même si ce n'était pas au hasard, ils fuyaient quand même, pourchassés par des hommes décidés, capables de tout. Le pire, et Nicolas avait raison sur ce point, c'est qu'ils ne savaient même pas pourquoi on leur en voulait ! Des policiers suisses ? On ne traquait pas des fugueurs ! Est-ce que c'était à cause du cahier de Goodfellow ? Arthur n'arrivait pas à le croire. Ce cahier était certainement inconnu de leurs poursuivants. Autrement, il aurait été facile de le voler directement au vieil homme. Autre possibilité : les Templiers avaient survécu jusqu'à aujourd'hui sous la forme d'une société occulte chargée de protéger leurs secrets. Arthur rit silencieusement. C'était grotesque. On n'était pas dans un film ni dans une bande dessinée !

Le garçon ne cessait de songer aux Templiers. Ils occupaient son esprit depuis Londres. Lui non plus, il ne comprenait pas le lien qui les unissait aux mystères de la lune. Il avait effectué des recherches avant de partir, mais elles n'avaient rien donné. Elles avaient simplement conforté ses intuitions : au fait de sa puissance, l'Ordre avait découvert, acheté ou recueilli, de nombreux secrets. Des secrets dangereux. L'un d'eux pouvait se rapporter à l'arnaque des missions Apollo. Il contenait même peut-être les informations après lesquelles ils couraient. Des secrets de sept cents ans. C'était invraisemblable ! Voilà pourquoi ils n'avaient pas d'autre choix que d'aller eux-mêmes chercher la vérité. Pour savoir qui ils étaient ? Arthur n'en était pas sûr. Et lui, où en était-il ? À la demande de Violaine, il avait pris davantage de place dans la bande. Jusqu'à jouer par moments le rôle de chef. Un rôle qui lui plaisait plus qu'il ne voulait bien se l'avouer...

Clarence avait le bus en visuel. La nuit l'avait incité à se rapprocher. Les véhicules s'étaient faits plus rares sur l'autoroute, en raison peut-être des péages successifs concédés à des sociétés privées. Clarence inséra un CD dans le lecteur et le piano de Gould jouant Bach envahit l'habitacle, chassant la fatigue et repoussant la nuit plus loin.

L'hôtesse réveilla Agustin en déposant un plateau-repas sur sa tablette.

– Je pourrais avoir une autre bouteille d'eau ? grogna l'Argentin.

Il déboucha le tube du médicament qui ne le quittait pas et avala deux comprimés à la fois. Le coup qui l'avait assommé dans les toilettes de l'aéroport n'avait pas arrangé ses maux de tête ! Agustin se massa la nuque. Il avait reçu un sacré choc ! Un de plus.

Au départ, il avait immédiatement pensé à l'un des petits monstres. Ce coup en traître lui rappelait furieusement l'épisode de la grotte ! Mais Fisher l'avait détrompé. C'était un homme, un homme seul, qui les avait attaqués tous les trois. Un professionnel. Et là, Agustin ne comprenait pas. Les mômes avaient-ils engagé un garde du corps ? Non. Était-il victime d'une guerre interne aux services de renseignements américains ? C'était beaucoup plus probable. Foutus Yankees ! Il en avait parlé à Numéro 12. Celui-ci avait eu l'air surpris, avant de lui promettre de se renseigner. Qu'il se renseigne ! C'était son boulot après tout.

Mer de Sulu — Philippines. Majestic 3 n'arrivait pas à trouver le sommeil. Malgré la climatisation qui marchait à plein, il se sentait fiévreux. La chaleur le tuait à petit feu, c'était le cas de le dire. Il sourit faiblement. Heureusement, ils quittaient les Philippines demain ! Il sortit de sa cabine et grimpa sur le pont du yacht. L'obscurité s'était faite plus profonde. Il respira à pleins poumons l'air tiède de la nuit. Le ronronnement des moteurs qui entraînaient le bateau vers sa destination mystérieuse l'apaisa.

Le Chili... Qu'est-ce que les enfants allaient faire au Chili ? Une explication lui vint immédiatement à l'esprit mais il la repoussa. C'était impensable. Comment auraient-ils pu apprendre l'existence de... Non, c'était idiot. Et pourtant, pour quelle autre raison avaient-ils entrepris ce voyage ? Il regrettait à présent de ne pas s'être personnellement chargé de l'opération « Quatre Fantastiques ». Mais on ne s'improvise pas homme d'action ! Il soupira. Le général Walker était un crétin. Il ne restait plus qu'à espérer qu'il soit un crétin un tout petit peu efficace.

La nuit était tombée et le bus roulait à tombeau ouvert sur une autoroute presque déserte. Le paysage, dehors, n'apparaissait plus que furtivement, dans la lumière des phares. Le steward leur avait distribué des coussins et des couvertures. Nicolas et Arthur s'étaient assoupis, comme l'ensemble des passagers. Seules Violaine et Claire veillaient encore, chuchotant entre elles.

– Pauvre Antoine, dit Claire. Je le revois, tout malheureux, à l'aéroport. Il m'a fait de la peine.

– Et moi donc ! soupira Violaine. Il est tellement gentil avec nous. Tu connais beaucoup de gens, toi, qui auraient accepté de nous accompagner à Santiago ?

– Et de repartir en nous laissant seuls simplement parce qu'on le lui a demandé ? précisa Claire. Non, aucun.

Violaine se dit qu'Antoine était vraiment une belle

personne, dotée de qualités rares. Comment Adèle avait-elle pu le laisser tomber ? Décidément, elle ne pourrait jamais comprendre sa sœur. C'était étrange. Elle n'arrivait pas à associer dans sa tête l'idée de « sœur » avec l'image d'Adèle ! À sa place s'imposait le visage souriant de Claire. Elle se tourna vers elle et remarqua que Claire la regardait fixement.

– J'ai quelque chose qui cloche ?

– Je pensais à Antoine. À la façon dont il s'est laissé persuader de nous aider. C'était presque trop facile. Comme s'il y avait été obligé...

Le visage de Violaine blanchit tout à coup. Elle prit une expression horrifiée.

– Tu ne penses tout de même pas que... que j'oserais utiliser son dragon contre lui ?

– Bien sûr que non, se récria son amie. Je me demandais juste si...

– Si quoi ?

– Non, laisse tomber, c'est idiot.

– Vas-y, Claire. Tu en as trop dit ou pas assez.

Claire hésita. Elle chercha ses mots.

– Peut-être que ton chevalier, enfin, ton moi astral, enfin, je ne sais pas comment l'appeler !

– Je comprends. Continue.

Violaine serrait et desserrait convulsivement les poings. Elle avait très peur d'entendre l'hypothèse de Claire.

– Peut-être que ton chevalier se passe de ton avis. Peut-être qu'il agit sur les dragons des autres, à ton insu, pour t'aider. Une aide inconsciente. Mais c'est juste une idée, comme ça !

Violaine resta interdite. Ce que Claire venait d'exprimer était énorme. Elle découvrait tous les jours de nouvelles choses sur son... son pouvoir. Les dragons, de leur propre initiative, transmettaient des émotions aux autres dragons ; cela était arrivé avec les clochards. Son chevalier fantôme pouvait-il agir de même ? Avait-il poussé Antoine à agir pour lui plaire ? Pourquoi pas, après tout. Mais si c'était vrai, elle avait trahi sa promesse : celle de ne jamais s'en prendre à Antoine !

Cette idée lui faisait tourner la tête. Que maîtrisait-elle si elle ne contrôlait même pas son propre ectoplasme ? Et dans ce cas, les risques qu'elle prenait en manipulant celui des autres pouvaient...

Elle hoqueta de surprise. Une pensée brûlante lui était venue, balayant tout le reste.

Ses amis ! Ses amis n'étaient pas à l'abri !

Violaine gémit sous le choc de cette découverte. Qu'avait bien pu faire son chevalier astral avec ses amis ? Du mal ? Renforcer leurs troubles ? Non. Une main glacée s'empara de son cœur et le broya. Au contraire. Son chevalier avait soufflé à Claire, à Nicolas et à Arthur de l'aimer ! Il les avait obligés à devenir ses amis ! Tout s'expliquait et devenait évident. Elle s'était longtemps demandé ce qu'ils pouvaient bien lui trouver, pourquoi ils lui pardonnaient son caractère épouvantable. La réponse venait de lui être brutalement révélée.

Elle refusa d'y songer davantage. C'était monstrueux ! C'était... la fin de tout. Maintenant, qu'allait faire le chevalier à son insu ? Si Nicolas, Claire ou Arthur l'énervait, est-ce qu'il la vengerait ? Elle ne le voulait pas. Il fallait arrêter ça, à tout prix. Elle avait fait assez de dégâts comme ça.

Elle rabattit sur elle sa couverture et se tourna contre la vitre.

– Ça va, Violaine ? s'inquiéta Claire.

– Ça va, grogna-t-elle. J'ai juste sommeil.

– Tu es sûre ? insista Claire qui avait vu le visage de son amie se décomposer petit à petit. Si tu veux encore parler, n'hésite pas, même si je m'endors. Dire les choses, c'est déjà un peu y répondre. Tu n'auras qu'à me secouer !

Violaine répondit par un dernier grognement. Elle aurait été incapable d'articuler un mot. Son corps tout entier était parcouru de frissons.

Londres — Angleterre. La jeune femme traîna les pieds dans le couloir et ouvrit la porte d'entrée. Sous le porche se tenaient deux hommes en costume sombre. L'un avait un gros hématome sur la figure. L'autre portait une minerve. Leur visage était tendu.

– Fisher, se présenta le premier. On vient voir Harry Goodfellow.

Ce n'était pas une requête mais une simple information. La fille le comprit instantanément et s'écarta pour les laisser entrer. L'homme qui s'appelait Fisher la prit par le bras. Elle ne chercha pas à résister.

– Ne perdons pas de temps. Vous allez nous conduire jusqu'à sa chambre.

Elle ahana en grimpant les escaliers, poussée par les deux hommes. Elle montait rarement aux étages. Elle s'occupait de l'accueil, pas du ménage dans les chambres.

– M. Goodfellow... n'a pas... quitté la pension... depuis hier, les informa-t-elle en reprenant son souffle sur le palier du quatrième.

Elle désigna une porte. Fisher s'avança et tambourina dessus.

– Ouvre Goodfellow, on sait que tu es là.

Il tapa encore mais personne ne vint ouvrir. Fowler donna une tape sur l'épaule de la fille.

– Vous avez un double des clés, je suppose.

Elle fouilla fébrilement dans ses poches et sortit un trousseau qu'elle tendit à Fisher. Celui-ci trouva le passe et ouvrit grand la porte.

Les rideaux étaient tirés. La pièce était dans la pénombre. On devinait la forme d'un corps allongé sur le lit.

Fisher s'approcha de la fenêtre et tira les rideaux pour faire entrer la lumière.

– Debout Goodfellow ! On t'emmène en balade !

Mais Goodfellow restait immobile. Fisher jura. Il enleva les couvertures, dévoilant un amoncellement d'oreillers. Puis il balaya la pièce du regard. Vide. Même la valise n'était plus là. Goodfellow avait disparu.

Nous avons toujours affronté courageusement les crises qui nous menaçaient.

Rappelez-vous Kennedy... Mais rappelez-vous aussi Nixon, dont les imprudences avaient indirectement provoqué la déclassification, en 1976, de dossiers que nous avions heureusement eu le temps d'expurger. Rappelez-vous Carter, en 1977, qui avait promis la divulgation de tous les secrets détenus par la NASA ; nous avions dû intervenir auprès de son directeur, Frosch, pour désamorcer cette stupidité. Rappelez-vous Reagan, pourtant largement réceptif à nos inquiétudes, et sa gaffe de l'année dernière.

Le vrai danger ne vient pourtant pas de l'extérieur. Lorsque Majestic 9 est parti, en 1952, et a cru se protéger en confiant certaines informations au journaliste Brender, nos prédécesseurs ont tout juste eu le temps d'intervenir. Quand Majestic 11 nous a abandonnés, il y a trois ans, nous ne lui avons laissé aucune chance de nous trahir. Il en sera de même pour tous les déserteurs.

Je sais, messieurs, que notre tâche est inhumaine. Mais elle doit être faite. Prenez cela comme une fatalité ou un honneur...

(Extrait d'un discours de Majestic 1, prononcé lors d'une réunion du MJ-12 en 1986.)

XIV.

Pertinax, acis : qui ne lâche pas prise

D'abord, elle avait cru que le dragon était venu la dévorer. Lorsqu'elle fut emportée dans la crypte, elle se demanda si le monstre allait la livrer en pâture à ses congénères. Mais quand celui-ci la déposa en douceur sur la roche labourée par les griffes des monstres, elle ne sut que penser. Une douzaine de dragons l'entouraient, fébriles et excités. Ils l'observaient avec curiosité. Que fallait-il faire ? Parler n'aurait servi à rien. Rester immobile ? Peut-être. Cela aurait été le plus raisonnable. Pourtant, elle choisit de ramper sur le sol. Comme un dragon. En direction de celui qui était venu la chercher. Elle grimaça sous l'effort mais parvint à se mettre debout. Se mettre debout ! C'était la première fois qu'elle y arrivait. Puis elle tendit le bras et sa main caressa les écailles du cou qui s'était baissé vers elle. Les autres dragons feulèrent de joie...

Violaine s'agita sur le fauteuil et laissa échapper un gémissement. Claire la secoua, doucement, jusqu'à ce qu'elle se réveille.

– On arrive à Osorno, dit-elle.

Le bus venait de quitter l'autoroute et traversait une zone commerciale faiblement éclairée. Il faisait nuit. Le steward avait allumé les plafonniers et récupérait oreillers et couvertures. Les passagers, tirés pour la plupart de leur sommeil, bavardaient à voix haute, ou bien, collant leur visage contre la vitre, assistaient à l'arrivée en ville. Magasins aux rideaux de fer tirés, trottoirs luisants d'une pluie récente, fouillis inextricable des fils électriques enjambant partout la chaussée pour grimper à l'assaut des murs...

– Ouf ! souffla Nicolas en s'étirant. J'ai dormi presque tout le temps, je crois.

– Moi juste à la fin, dit Arthur en mettant un peu d'ordre dans la masse hirsute de ses cheveux.

Violaine était toujours blottie dans sa couverture, au fond de son siège. Le steward n'avait pas insisté pour la lui reprendre. Les yeux de la jeune fille, grands ouverts, étaient perdus dans le vague. Claire s'apprêta à dire quelque chose mais se retint au dernier moment. Mieux valait la laisser se réveiller en douceur.

Le bus quitta l'avenue Errazuriz et pénétra bientôt dans la cour mal goudronnée du terminal principal d'Osorno. Celui-ci semblait minuscule comparé à Santiago, mais il pouvait malgré tout accueillir une bonne dizaine de bus sur son quai.

En quittant le véhicule, les jeunes gens furent surpris par la fraîcheur et l'humidité de la nuit. Cette dernière était presque palpable autour d'eux. Nicolas passa le doigt sur la tôle du bus et le retira trempé. Ils s'empressèrent de récupérer leurs bagages dans les soutes et enfilèrent leurs vestes polaires.

Claire tenait Violaine par le bras. En quittant son siège, elle avait compris que quelque chose n'allait pas. Violaine n'était pas épuisée : elle était en état de choc !

Claire ressentit tout de suite l'ironie de la situation. C'était Violaine, d'habitude, qui la tenait par le bras. Mais son amie, si forte encore la veille, ressemblait à présent à un zombie.

Claire commençait à s'inquiéter sérieusement. Et à s'en vouloir, aussi. Qu'est-ce qui lui avait pris de parler d'Antoine ? D'accord, cette histoire de docilité étonnante la troublait, elle avait ressenti le besoin d'en faire part à son amie. Mais Violaine était suffisamment angoissée par son pouvoir sur les dragons sans qu'on en remette une couche ! Non, elle avait commis une erreur et elle allait devoir la réparer.

Claire conduisit Violaine à l'intérieur de la gare routière et la força à s'asseoir sur un banc en bois. Le bâtiment, étroit, était tout en longueur. L'éclairage approximatif ne parvenait pas à dissimuler l'aspect défraîchi des lieux.

– Ça va, Violaine ?

– Ouais...

Cela tenait plus du grognement que de la voix. Cependant, Claire fut soulagée de l'entendre. Les deux garçons vinrent aux nouvelles.

– Qu'est-ce qui lui arrive ? chuchota Nicolas en prenant soin de ne pas être entendu de Violaine.

– Elle n'est pas bien, répondit évasivement Claire.

– Je ne suis pas stupide, se vexa-t-il, je le vois qu'elle ne va pas bien !

– En fait, on a parlé de dragons cette nuit. Je crois que Violaine a peur de provoquer une catastrophe en continuant à les manipuler.

– Possible. C'est pas la première fois que ça la travaille. Mais je ne l'ai encore jamais vue dans cet état !

Claire entraîna Nicolas en direction d'une boutique, au milieu du hall. Elle commanda quatre cafés qui leur furent servis dans des gobelets en carton.

– Quelque chose de chaud nous fera du bien, affirma-t-elle comme pour se convaincre.

Pendant ce temps, Arthur s'était assis à côté de Violaine.

– Ça n'a pas l'air d'aller fort, ma vieille. Si tu veux parler, je suis là. Si tu préfères te taire, eh bien, je suis là aussi !

Pas possible d'être plus maladroit. C'était pourtant le moment d'être convaincant ! La Violaine qu'il avait sous les yeux ressemblait beaucoup à celle qui avait craqué, dans la grotte de Saint-Maurice. Il l'avait calmée en la prenant dans ses bras. Mais là, la situation était différente. Ses angoisses semblaient... plus intérieures.

Violaine esquissa un sourire timide.

– Je sais.

Arthur lui prit la main et la tapota, avant de la serrer fort dans la sienne. La communication avait été établie. C'était tout ce qui comptait pour l'instant.

Claire et Nicolas revinrent avec les cafés. Violaine accepta le sien et tint le gobelet entre ses doigts, sans bouger, comme pour les réchauffer.

– Notre bus est arrivé ? lança Nicolas pour chasser le silence.

– C'est trop tôt, répondit Arthur, ravi de passer à un autre sujet.

Il était important que Violaine ne se sente pas l'objet unique de leur attention. La vie continuait, le plus normalement possible. Ce n'était pas la première fois que l'un d'entre eux faisait une crise !

– On a plus de deux heures d'attente, poursuivit-il. J'ai cru comprendre qu'Osorno n'était pas le terminus de la ligne. Au fait, vous saviez que la ville a été fondée en 1553 et qu'elle a été détruite plusieurs fois au cours de révoltes des Indiens Mapuches ? Et qu'une forte communauté allemande y est installée depuis 1846 ?

Ils prêtèrent une oreille distraite au commentaire d'Arthur. Mais son ton rassurant joua son rôle. Claire et Nicolas se sentirent mieux.

– Dire qu'on va encore passer près de trente heures dans un bus... soupira Nicolas.

– Ça sera différent, précisa Arthur, on va rouler en plein jour. Au début en tout cas. On va pouvoir regarder les paysages ! Des lacs, des montagnes, des forêts magnifiques...

Ils continuèrent à discuter, jetant régulièrement un

regard sur Violaine. Mais la jeune fille restait muette et semblait loin. Très loin d'eux, de la gare, de leur voyage.

À peine débarqué à Santiago, Agustin héla lui aussi un taxi. Mais il n'avait pas l'intention de se rendre au centre-ville. Il choisit au contraire de se rendre directement dans un hôtel proche de l'aéroport. Il ne comptait pas dormir mais il avait besoin de se poser, de prendre une douche. De passer de nombreux coups de fil, aussi. Et de rester au contact. Près des avions pour être prêt à repartir, si les gamins se manifestaient.

Il s'engouffra dans le taxi, maussade. Il n'était pas au bout de ses peines.

Washington, DC — États-Unis. Rob B. Walker était soucieux. Il aurait dû être en colère mais il ne l'était pas. Certes, l'échec de ses hommes à Paris était catastrophique. Pourtant, c'était un autre problème qui le préoccupait.

Qui était cet homme qui avait volé au secours des gamins dans l'aéroport ? Un professionnel, s'il fallait en croire Agustin. Le mercenaire soupçonnait un agent des services rivaux. C'était possible, lui-même y avait immédiatement pensé. Le MJ-12 était suffisamment retors pour jouer sur deux tableaux. Mais lorsqu'il avait téléphoné à Majestic 3, celui-ci avait semblé sincèrement surpris et fort contrarié. Le général en avait conclu qu'un troisième joueur avait rejoint la partie. Le MJ-12 n'était donc pas infaillible ! Et il existait des gens qui n'avaient pas peur de s'opposer à lui… Le jeu devenait complexe. En homme obstiné et pragmatique, le général avait décidé de conduire la mission jusqu'au bout, et de ramener dans ses filets les gosses, ainsi que tous les renseignements possibles à leur sujet. C'est pourquoi le grain de sable de l'aéroport le dérangeait. Et qu'il était soucieux.

Le téléphone sonna, le tirant de ses pensées. Il se renversa en arrière dans le fauteuil et étendit ses jambes sous le bureau.

– Disparu ? Comment ça disparu ?... Des coussins sous une couverture... Je vois... Non, inutile. Il est sûrement loin... Non. Vous rentrez par le premier vol.

Rob B. Walker raccrocha et respira à fond. Goodfellow s'était évanoui dans la nature, et avec lui de précieuses informations. Enfui, ou enlevé par le troisième joueur. Pourquoi pas par le MJ-12 ? Il ricana. Que lui restait-il maintenant ? Agustin ! Tout reposait entièrement sur les épaules de cet homme qu'il n'aimait pas.

Il ouvrit un coffret réfrigéré posé sur le bureau et s'empara d'un cigare.

– Ils sont là mes petits renardeaux, murmura Clarence en ajustant sa paire de jumelles.

Il avait garé le 4 X 4 aux vitres teintées sous le couvert des arbres qui séparaient le parking de la cour des bus.

Il était arrivé en même temps qu'eux à Osorno. Il les avait vus descendre de l'autocar, prendre leurs bagages et se réfugier à l'intérieur de la gare routière. Violaine ne lui avait pas semblé bien réveillée !

Une heure plus tard, Clarence vit un bus aux trois quarts vide faire son entrée dans la cour et se ranger en face de la bande, vautrée sur les bancs du quai d'embarquement. Les enfants s'ébrouèrent, confièrent leurs sacs au steward qui les rangea dans la soute en échange d'un ticket, puis grimpèrent à bord.

Clarence soupira. Ce bus-là, comme l'autre, semblait confortable. Les renardeaux allaient pouvoir dormir ! Il les envia. Lui n'aurait pas cette chance. Il s'était autorisé quelques brèves haltes sur la Panaméricaine, le temps de sombrer dans un sommeil sans rêve interrompu par la sonnerie du réveil. Oh, il avait l'habitude.

Bien sûr, il aurait pu se fier au GPS, s'offrir une bonne nuit à l'hôtel et les rattraper ensuite. Mais il n'avait jamais fait totalement confiance à la technologie. Ni à ces drôles de gamins, d'ailleurs. Il ne voulait pas prendre le risque de rattraper un bus vide, avec une paire de lunettes sous un siège…

Clarence jeta un coup d'œil plein de regrets aux *Considérations intempestives* de Milescu. Heureusement, il lui restait la musique, Gould et Bach pour lui tenir compagnie. Et puis du café.

Il tapota affectueusement le thermos posé à côté de lui et démarra à la suite du bus, le laissant prendre une distance suffisante. La journée s'annonçait longue.

Mes geôliers me traitent souvent de rêveur et d'entêté. Ils ont raison. C'est le doux entêtement et l'obsession rêveuse qui renversent les montagnes…

(Extrait de *Considérations intempestives*, par Eduardo Milescu.)

XV.

Limes, itis, m. : limite, frontière

« Alors, où est-ce qu'on va ? » j'ai demandé à Boule-de-poils. « Il faut trouver la poooooorte, Claiiiiiire », il m'a répondu de sa drôle de voix. « La porte ? – Là-baaaas, près du frêêêêêêne. » J'ai marché jusqu'au frêne, en bordure du jardin. Je n'allais jamais dans ce coin-là. Je préférais le cerisier, plus proche de la maison, sur lequel je pouvais grimper. J'ai senti Boule-de-poils s'agiter dans mes bras. « Viiiiiiite, il faut faire viiiiiiiite ! La lune, elle va s'en alleeeeeeer. » J'ai regardé dans le ciel. La lune, pleine, était menacée par un énorme nuage tout noir. « Et alors ? » Il ne m'a pas répondu. Je me suis arrêtée de marcher et j'ai fixé ses yeux jaunes. « Dis-moi au moins pourquoi je dois venir avec toi. » Il m'a rendu mon regard. « Tu viens d'un autre monnnnnnnde, Claiiiiiiiire. Si tu restes dans celui-làààààà, tu mourrrrrrras. » Soudain, j'ai vu le frêne frissonner et la terre s'ouvrir devant mes pieds. Une fissure, une faille d'à peu près ma taille. Et puis j'ai entendu du bruit derrière moi…

Claire sursauta. À côté d'elle, Violaine venait de bouger dans son sommeil. Son visage était trempé de sueur, comme si la jeune fille avait de la fièvre. Claire sortit un mouchoir de sa poche et le passa doucement sur le visage de son amie. Violaine ouvrit les yeux.

– Qu'est-ce que… Où on est ?

Elle regarda autour d'elle comme un animal pris au piège, avant de s'accrocher au bras de Claire.

– Tout va bien, Violaine. On a passé la frontière argentine et quitté la région des lacs. Maintenant, on longe les Andes, plein sud.

– Tu aurais dû voir ça, dit Nicolas en se penchant vers elle, les couleurs d'automne dans les montagnes. Les arbres étaient magnifiques ! On a pensé à toi.

Violaine sembla se détendre et posa sa tête contre l'épaule de Claire.

– Je fais des cauchemars, souffla-t-elle d'une voix hachée. D'horribles cauchemars.

Ce qui ne l'empêcha pas de sombrer à nouveau, très vite, dans un sommeil agité.

Claire se mordilla les lèvres. Le sommeil de Violaine était une fuite. Il fallait que leur amie soit vraiment mal pour préférer ses cauchemars à la réalité !

Elle s'enfonça dans son fauteuil. Au moins, ses problèmes à elle étaient relégués au second plan. C'était une bonne chose. Elle avait conscience d'être un poids pour ses amis. Toujours à traîner la jambe, à s'évanouir pour un rien, fragile comme un souffle d'air ! Le mois qu'ils avaient passé dans leur planque, à Paris, avait été le pire de tous. Elle s'était lentement étiolée, jusqu'à ne plus pouvoir faire un pas sans l'aide de Violaine ou de Nicolas. Le règne sans partage du goudron et du béton était-il en cause ? Non, finalement, puisqu'elle se sentait mieux alors qu'elle n'avait pas touché un arbre ou une fleur depuis des jours. La vie souterraine, alors ? Ou bien l'immobilité ? Les deux, peut-être. Car depuis qu'ils avaient quitté les sous-sols et qu'ils s'étaient mis en mouvement, elle avait retrouvé du tonus. Ce qui tombait plutôt bien. Si Violaine ne sortait pas bientôt de sa torpeur, elle-même n'aurait pas assez de toute son énergie pour veiller sur son amie et participer aux recherches !

Les recherches... Elle n'y croyait qu'à moitié, à ces mensonges templiers. Bien sûr, comme les autres, elle avait besoin d'un alibi pour avancer. Mais plus qu'eux, elle possédait l'ardent désir de trouver une réponse aux questions qui la taraudaient depuis toujours ! Elle était persuadée, non, elle le savait, que tous les quatre ils n'étaient pas d'ici. Restait à découvrir d'où ils venaient...

Une sonnerie de téléphone tira Agustin de la salle de bains. Il avait somnolé quelques heures dans sa chambre d'hôtel et se sentait d'attaque. Il termina de se frictionner les cheveux avant de décrocher.

– Où ça, tu dis ? demanda-t-il en écarquillant les yeux. Le poste frontière sur la route 215, près de Bariloche ? C'est une excellente nouvelle ! Merci, vieux !... Bien sûr, je n'ai qu'une parole. Je note... Tu recevras l'argent directement sur ce compte, oui.

Agustin raccrocha, un sourire victorieux aux lèvres. Il avait invoqué la chance ? Elle venait de répondre présent ! Et vite, en plus. Il fallait avouer que quatre jeunes Français voyageant seuls à cette saison étaient faciles à repérer. Surtout s'ils franchissaient la frontière argentine, dans un bus chilien à destination de Punta Arenas, par exemple !

Pauvres Chiliens. Obligés, pour se rendre chez eux dans l'extrême Sud, de passer par l'Argentine. Tout ça à cause d'un champ de glace infranchissable.

Agustin rit à gorge déployée. Il était d'excellente humeur.

Il commença par réserver une place sur le prochain vol Santiago-Punta Arenas. Intervenir en Argentine, sur le trajet du bus, était tentant, mais il craignait de manquer de temps. Il aurait pu confier la tâche de les intercepter à d'autres que lui. Cependant, il tenait à garder l'entière maîtrise des événements. Non, mieux valait débarquer directement à Punta Arenas, avoir une longueur d'avance pour préparer l'accueil des petits monstres.

Il composa ensuite un numéro à Comodoro Rivadavia, se félicitant d'avoir toujours maintenu des liens avec sa ville natale et la pègre locale.

Cette opération allait lui coûter de l'argent mais cela n'avait pas d'importance. Il en avait beaucoup et ce n'était pas le sien !

Décidément, la journée s'annonçait sous les meilleurs auspices.

Clarence étouffa un juron. Sur le bas-côté de la route bordée par les pierres et la broussaille, un policier argentin lui faisait signe de s'arrêter. Il hésita un bref instant puis enclencha le clignotant et freina. Voyager en Argentine avec une plaque chilienne, à bord d'un véhicule luxueux de surcroît, n'était pas ce qui se faisait de mieux pour passer inaperçu. Mais il s'agissait certainement d'un contrôle de routine. Il était inutile, donc, de faire les quelques centaines de kilomètres restants poursuivi par une voiture de police !

Jusque-là, il avait réussi à suivre sans le moindre problème le bus qui conduisait les gosses à Punta Arenas.

Sur la route 215, d'abord, au milieu d'un somptueux paysage de lacs et de forêts embrasées par les feux de l'automne.

Sur la route 40, ensuite, entre la plaine aussi plate et vaste que la mer et la silhouette presque animale de la cordillère.

Puis sur la route 20 à travers la pampa, aride et déserte, où il avait aperçu quelques-uns de ces mythiques gauchos menant leurs troupeaux de moutons brouter l'horizon.

Sur la route 3, enfin, le long d'une côte atlantique monotone et pelée, où il n'avait croisé qu'une seule voiture.

Rien d'étonnant, donc, à ce qu'il soit arrêté par des policiers désœuvrés. Il espérait seulement qu'ils ne chicaneraient pas trop, le laissant rapidement poursuivre son chemin. Parfois, l'oisiveté peut mener au zèle.

– Voici mes papiers et ceux du véhicule, dit Clarence d'une voix aimable à l'homme qui s'était approché d'un pas nonchalant.

Ce dernier le fixa longuement derrière des lunettes de soleil qui lui donnaient un air de policier américain. Puis il prit les documents et les lut attentivement.

Clarence sentit immédiatement venir les ennuis. Son instinct, encore et toujours ! Il regretta aussitôt de s'être arrêté.

– Je ne vois pas sur l'assurance le volet nécessaire aux Chiliens pour circuler en Argentine, dit l'homme avec un grand sourire.

– Ah bon, il faut une assurance spéciale ? répondit Clarence sincèrement étonné. Le loueur de voitures ne m'a pourtant rien précisé !

Un second policier sortit de la voiture garée à l'abri d'un vallon, invisible depuis la route. Il s'avança, l'air de rien, une main sur la crosse de son pistolet.

– Vous me prenez pour un imbécile ? dit le premier policier qui avait cessé de sourire. Je n'aime pas ça.

Clarence fouilla dans la poche de son pantalon et en sortit des dollars.

– Écoutez, tout cela est ridicule, répondit-il en adoptant un ton conciliant. Je suis sûr qu'il y a moyen de s'arranger.

Il savait que la corruption gangrenait de nombreuses administrations en Argentine. La police en faisait partie. Et la situation semblait avoir encore empiré, depuis l'ahurissante crise financière de l'an 2000 qui avait précipité le pays au bord du gouffre. S'en tirerait-il avec de l'argent ?

En voyant le second policier sortir une arme de son étui et le mettre en joue, il comprit que non. Ces hommes voulaient plus. La voiture, sa carte bancaire peut-être. Il soupira. Pendant ce temps, le bus continuait à rouler, emportant les renardeaux loin de lui. C'était franchement pas de chance.

– Quelle heure est-il ? demanda Nicolas à Arthur.

– Presque huit heures du soir. Pourquoi ?

– Il fait encore jour, fit remarquer le garçon à son ami.

– Joie des voyages aux confins du monde austral... répondit Arthur.

Nicolas se tut. Il semblait soucieux. Quand il ouvrit de nouveau la bouche, ce fut pour chuchoter.

– Tu comprends ce qu'elle a, Violaine ?

– Non. Enfin si. Tu sais, vivre en permanence au milieu des dragons, j'imagine que ce n'est pas facile. Tu connais le problème, toi. Moi aussi. On le connaît tous ! Il ne se passe pas une journée sans que j'envie mes petits singes, sans que je souhaite ne plus voir, ne plus entendre, ne plus parler. Quand je suis trop fatigué, quand ça me submerge, je ressemble étrangement à Violaine en ce moment !

– Je comprends, dit Nicolas en hochant gravement la tête. Mais Violaine, c'est Violaine. Elle s'occupe de nous. Elle n'a pas le droit de nous abandonner !

Arthur lui passa un bras fraternel autour des épaules.

– Justement, Nicolas. C'est vrai qu'elle est forte. Mais elle aussi a le droit de craquer. Et dans ces moments-là, c'est à nous d'être présents.

– Tu as raison, évidemment, grommela-t-il. Mais j'espère quand même qu'elle va vite redevenir comme avant.

Nicolas tourna son regard vers l'extérieur et plissa les yeux sous ses lunettes. Le jour finissant éclairait encore l'immensité de paysages, plats jusqu'à l'infini. Qu'est-ce qu'ils allaient faire si Violaine restait comme ça, prostrée ? C'était elle qui veillait sur le groupe, c'était elle qui savait ce qu'il fallait faire ! Arthur avait beau jouer son rôle, parfois il n'était pas vraiment crédible. En fait si, mais seulement quand Violaine était là et lui donnait de son charisme. Si Violaine ne revenait pas, il serait orphelin une troisième fois.

Il avait déjà été abandonné deux fois. La première, c'était lorsque ses parents l'avaient conduit à la Clinique du Lac. Ils s'en étaient débarrassés avec la conscience sauve. À force de réfléchir, il avait pu le comprendre. La peur peut engendrer des réactions disproportionnées. Il était même prêt à leur pardonner ! Mais le deuxième abandon avait sonné le glas de sa mansuétude. Morts dans les bois au cours d'une fugue... C'était vraiment ce que croyaient leurs parents ? Ils l'avaient vraiment accepté ? Sans se battre, sans lancer de recherches, sans remuer ciel et terre ? Il n'en avait jamais parlé avec les autres, mais il savait que ses amis en avaient gros sur le cœur. Étaient-ils en colère ? Sans doute que non. Lui en tout cas ne l'était pas. Il était déçu. Il était triste. Très triste. Alors si Violaine leur faisait cette mauvaise blague de renoncer elle aussi, le monde s'arrêterait sûrement de tourner...

CXCVII. L'île des géants

Sur une grande île proche du passage des Tecpantlaques vivent des géants idolâtres vêtus de peaux de bêtes qui courent plus vite que des chevaux. Il y a là des prairies et de nombreuses forêts qui regorgent de gibier. Ces géants manifestent une grande habileté au maniement de l'arc. Le pouvoir appartient à des hommes qui ont un rapport étroit avec la nature. Les géants troquent de la viande contre du poisson avec une tribu de pêcheurs qui vit sur des pirogues où ils conservent leur feu. Je vais vous dire une horreur : si le feu s'éteint, les gardiennes meurent. Tout ce que je viens de vous raconter, ce sont les us et coutumes des habitants de ce passage dans le sud du monde, qui permet de changer de mer. Mais je vais encore parler des Tecpantlaques.

(Marco Polo, *Le Devisement du monde*, manuscrit des Ghisi, chapitre 197.)

XVI.

Vincibilis : convaincant, persuasif

On dira ce qu'on veut, mais franchement, la nuit est plus belle que le jour. La nuit et le noir. Le reste n'est que douleurs ! Depuis qu'on est au Chili, je me régale. J'ai l'impression que les nuits, même si elles sont plus courtes, sont ici plus neuves que chez nous ! À Paris, l'obscurité n'existe pas, elle est tuée par les réverbères, les enseignes clignotantes, les bâtiments qui se goinfrent d'énergie électrique. D'accord, les hommes ont peur du noir, ce n'est pas une nouveauté, mais il ne faut pas exagérer. Pas tricher, plutôt. Parce qu'ils ont peur du noir, c'est vrai, mais également de la pleine lumière. Celle qui montre les gens et les choses tels qu'ils sont vraiment. Alors ils vivent en clair-obscur, « fuyant les froides ténèbres et l'impitoyable clarté, pour se réfugier sous la tutelle de l'ombre », comme l'a dit je ne sais plus qui dans un livre dont j'ai oublié le titre, je n'ai pas la mémoire d'Arthur, moi ! Parfois je m'interroge : qui sommes-nous ? Des êtres humains ? Claire est-elle si folle que ça en posant la question ? Moi aussi je crains la pleine lumière mais pour d'autres raisons, et je n'ai pas peur du noir. J'aime la nuit. Le reste n'est que couleurs...

– Ouf ! C'était loin, le bout du monde ! s'exclama Nicolas alors que le bus s'immobilisait enfin devant les bureaux de Bus-Sur, dans la rue José-Menéndez.

– Punta Arenas n'est pas exactement le bout du monde, corrigea Arthur.

– Je sais, je me comprends.

Ils descendirent tous les quatre du véhicule. Le ciel était gris. Un petit vent, incisif, les fit frissonner.

– Bon, on fait quoi ?

Nicolas s'était naturellement tourné vers Violaine, mais son regard était absent et elle tremblait, de froid ou d'autre chose.

Ce fut Claire qui répondit, d'une voix hésitante :

– Il faut trouver une chambre d'hôtel. Violaine a besoin de se reposer.

– C'est une bonne idée, acquiesça Arthur. De là, on partira en reconnaissance et on mettra au point un plan d'action. Tu en dis quoi, Nicolas ?

– Ça me va. Je prendrais bien une douche !

Le steward sortit les sacs de la soute. Ils les récupérèrent en échange des tickets. Ils s'empressèrent d'enfiler leurs vestes de montagne. Claire aida Violaine à passer la sienne.

À l'arrivée du bus, des hommes, des femmes et même des enfants attendaient les passagers en brandissant des pancartes « *Hospedaje* » qui invitaient les sans-toit à louer une chambre chez eux. Un homme jovial les aborda franchement, alors que la bande s'apprêtait à quitter les lieux à la recherche d'un hôtel.

– ¿ *Hospedaje* ? Propre. Pas cher, leur dit-il dans un mauvais anglais.

– Pourquoi il nous parle anglais ? demanda Nicolas.

– Pour lui, on est des touristes, expliqua Arthur. Et un touriste, ça parle anglais.

Le garçon échangea avec l'homme quelques mots en espagnol.

– Il nous propose deux grandes chambres chez sa mère qui vit seule, traduisit Arthur à ses amis. Avec libre accès à la cuisine et à la salle de bains.

Nicolas fit une moue dubitative.

– Je préférerais un hôtel.

– Pas question, dit Claire. On nous demandera nos passeports. Alors que je suis sûre que ce type s'en moque totalement tant qu'on paye.

– Je suis d'accord, opina Arthur. Et puis une chambre chez l'habitant, ça peut être utile pour obtenir des informations.

L'homme ayant annoncé un prix très raisonnable, Nicolas finit par grommeler son consentement. Arthur donna le feu vert à leur hôte, qui leur fit signe de le suivre. Ils lui emboîtèrent le pas. Violaine n'avait rien dit. À peine si elle s'était intéressée à la discussion. Elle marchait au milieu de ses amis comme un automate.

Ils rejoignirent la place centrale en empruntant des rues tracées au cordeau.

Arthur s'arrêta devant une statue représentant Magellan. Aux pieds du navigateur, deux Indiens en bronze semblaient l'implorer.

– Elle date de 1920, dit-il. Le quatre centième anniversaire de la découverte du détroit. Enfin, de la découverte officielle !

Leur logeur s'était arrêté et les attendait sans s'impatienter. La place était ceinte d'édifices majestueux et d'anciens palais bourgeois qui évoquaient plus la fin d'une époque qu'une gloire présente. Arthur leur montra les plus importants en évoquant rapidement quelques détails appartenant au passé. Car l'ancienne ville de tous les possibles, le port d'attache des aventuriers de tout poil, la capitale des colons richissimes, vivait désormais au rythme paisible du tourisme et des activités pétrolières. Un coup d'œil sur la cathédrale néoromantique, puis ils emboîtèrent à nouveau le pas de leur hôte. Ils quittèrent peu à peu le centre pour des rues moins fréquentées, en direction du port.

– On arrive bientôt ? demanda Nicolas. Mon sac commence à être lourd !

L'animation des artères principales avait désormais cédé la place à un silence pesant.

– Vous ne trouvez pas ça étrange ? s'étonna Claire. Il n'y a pas de maisons, ici, seulement des entrepôts…

Une voix retentit alors dans leur dos.

– Perspicace, la sorcière !

Ils firent volte-face. Devant eux se tenaient Agustin et, en retrait, deux hommes qui avaient l'air de parfaites brutes.

– Le vampire, hoqueta Claire.

– Vampire ? reprit Agustin en secouant la tête. Non, non. ¡ *Madre mía !* Les monstres, c'est vous. Moi, je suis le chasseur de monstres. N'inversons pas les rôles.

Arthur jeta un regard derrière lui, mais la route était coupée. L'homme qui les avait conduits jusqu'ici ne souriait plus du tout. Il avait jeté sa pancarte et brandissait à la place un pistolet. Ils s'étaient bien fait avoir !

Agustin sortit un paquet de cigarettes de sa poche et s'en alluma une.

– Mon employeur, commença-t-il, voudrait savoir pourquoi vous êtes venus jusqu'ici. Je suis sûr qu'il attendait de moi que je vous surveille discrètement, mais ce n'est pas mon truc. Je ne suis pas assez patient.

Il fit une pause.

– Et puis vous êtes trop malins. Ça, mon employeur ne le sait pas. Vous vous seriez débrouillés pour me filer entre les doigts à la première occasion. Non, moi j'ai une autre idée.

Il tira sur sa cigarette.

Arthur commençait à sentir des gouttes de sueur perler sur ses tempes. Ce type était complètement cinglé. Il balaya les alentours du regard avant de se traiter mentalement d'idiot. Qu'est-ce qu'il espérait, une intervention divine ? Seule Violaine aurait pu faire quelque chose, et encore ! Le vampire connaissait ses capacités, leurs capacités. Celles de Claire également, qui avait intérêt à prendre en compte ce paramètre si elle comptait agir.

– Alors voilà, reprit Agustin en écrasant sa cigarette. Je préfère que vous me racontiez tout maintenant. On est dans un endroit tranquille, entre nous, bref, c'est un environnement qui incite aux confidences ! Mais vous pouvez également choisir de vous taire. Je me demande si ce n'est pas ce que je préférerais…

Un couteau apparut dans sa main et il s'amusa à jouer avec la lame.

« Franchement cinglé, oui », se répéta Arthur en reculant d'un pas.

Les hommes de main d'Agustin s'étaient emparés des sacs. Ils les vidèrent sur le quai, sans se soucier de la casse éventuelle. Puis ils fouillèrent les garçons. Claire caressa un instant l'espoir que Violaine profiterait de l'occasion. Il suffisait de s'emparer d'un seul dragon pour renverser la situation ! Mais les Argentins ne s'approchèrent ni d'elle ni de Violaine.

– Rien d'intéressant, Agustin, rapporta l'un des hommes, penché au-dessus des affaires répandues sur le ciment du quai. Vêtements, fric, duvets, dictionnaire, cahier, bouquin… Peut-être les filles ? Il faudrait les fouiller.

Il ponctua sa proposition d'un rire malsain.

– C'est trop dangereux, fais-moi confiance, répondit Agustin.

Apparemment déçu, l'homme lança *Le Devisement du monde* à Agustin qui le feuilleta distraitement avant de le jeter.

– Tant pis pour vous les gosses, reprit Agustin en souriant. Par qui je commence ?

– Par moi, dit Claire en s'avançant bravement.

Violaine était hors jeu mais il restait peut-être une chance.

Plus proche du vampire, elle pourrait peut-être… Rapide comme un serpent, Agustin sortit de sous son manteau un pistolet-mitrailleur et le braqua sur les trois autres.

– Toi, tu bouges seulement un doigt et je transforme tes amis en passoire.

Sa voix vibrait d'une haine à peine contenue. De sa main libre, il fit signe à Nicolas d'avancer.

– C'est lui que je vais dépecer en premier. Il va tellement crier que vous vous arracherez les oreilles pour ne plus l'entendre.

– C'est inutile, dit Arthur le cœur battant à se rompre. Je vais tout vous dire.

Derrière, Violaine s'était accroupie et serrait ses genoux entre ses bras, les yeux baissés.

Le poste de police où Clarence avait été conduit, menotté, se trouvait à proximité de la route, à l'écart de la ville. C'était un bâtiment ancien mais fonctionnel. Cinq hommes se partageaient l'unique pièce du poste. De l'endroit où se trouvait Clarence, sur une chaise, on apercevait la porte d'une cellule et rien d'autre. Les toilettes étaient à l'extérieur.

– Alors, *gringo*, on attend. Tu veux nous mettre en colère ?

Clarence ne répondit pas. La dernière fois qu'il avait ouvert la bouche pour essayer de temporiser, il s'était ramassé un coup qui lui avait fendu la lèvre.

Il avait vu juste. Ces policiers, profitant de leur isolement, avaient monté une affaire juteuse : ils détroussaient les automobilistes en se servant de leur fonction. Quelques billets pour les plus pauvres, davantage pour les plus riches, encore plus pour les étrangers. Alors les riches étrangers… Ils avaient flairé en lui le gros pigeon et ne semblaient pas près de le lâcher.

L'un des policiers lui donna un nouveau coup de poing.

– Ça y est, tu nous as mis en colère.

Dans d'autres circonstances, Clarence aurait éclaté de rire. Il avait été entraîné à résister aux interrogatoires menés par des professionnels, ce n'était pas ces cinq minables qui allaient l'impressionner ! Mais il perdait du temps, beaucoup de temps.

Il avait cru pouvoir s'en tirer avec un dessous-de-table. Résultat ? On l'avait dépouillé de ses papiers, de son GPS et de son argent. Son sac avait été, de façon succincte heureusement, fouillé, et son ordinateur confisqué. Maintenant, on voulait qu'il crache le code de sa carte bancaire.

Vraiment, il avait mal apprécié la situation ! Il se trouvait à présent menotté les bras dans le dos, et ces brutes gardaient toujours une main sur la crosse de leur arme. Il devait se résigner à attendre le bon moment. À préparer le bon moment. À provoquer le bon moment.

Il jugea qu'il était temps. Il avait suffisamment encaissé, sa réaction serait crédible. Du moins, il l'espérait. Il s'effondra sur lui-même, en gémissant.

– Je... vous dirai... tout ce que vous voulez savoir, mais ne recommencez pas à me frapper... s'il vous plaît !

Les policiers ricanèrent, tout à leur triomphe.

– C'est bien, *gringo*. Jouer le dur, ça ne t'allait pas. Allez, tout va bien se passer maintenant que tu es devenu raisonnable.

Le ton de voix s'était radouci. Après l'avoir effrayé, ils le rassuraient. Ils étaient ses ennemis, ils devenaient des amis. Les seuls capables de tout arranger.

Clarence s'engouffra dans ce pauvre subterfuge psychologique.

– Écoutez... oui, je serai raisonnable et... est-ce que je pourrais avoir quelque chose à boire ? Et puis aller aux toilettes ? S'il vous plaît !

– Gregorio va te préparer un maté et Pedro t'accompagnera pisser, dit le meneur. Je ne voudrais pas que tu dégueulasses notre palace !

Les cinq hommes éclatèrent d'un rire gras. Clarence se contraignit à afficher un sourire reconnaissant.

Le nommé Pedro l'empoigna par la chemise et le poussa sans ménagements hors du poste. Clarence ne s'était pas trompé : les toilettes étaient bien à l'extérieur, dans une petite cabane, au fond de la cour dans laquelle on avait garé son 4 X 4.

Devant la porte en planches des latrines, le policier sortit de sa poche la clé des menottes et détacha Clarence.

– Pas de bêtise ! Je reste derrière la porte et j'ai un pisto...

Clarence saisit le bras du policier et le brisa d'une simple torsion. Il n'eut même pas le temps de crier. Clarence lui empoigna brutalement la tête et lui rompit les vertèbres. L'homme glissa sur le sol. Clarence se massa les poignets, se pencha et récupéra l'arme que le policier portait à la ceinture.

– Rectification, Pedro : tu avais un pistolet.

Clarence revint sur ses pas sans se presser en vérifiant l'arme qu'il avait dans les mains. Puis il entra dans le poste. Il y eut des cris, suivis de quatre détonations. Quelques instants plus tard, Clarence réapparut avec sa veste et son sac.

Il grimpa dans sa voiture et alluma le GPS. Bon sang, les gosses étaient déjà à Punta Arenas ! Il démarra en trombe, faisant crisser les pneus sur les graviers de la cour.

Il avait franchi la frontière depuis un moment, roulant à nouveau sur les routes chiliennes, quand le GPS émit une sonnerie inhabituelle. Clarence s'arrêta au bord de la route et essaya de comprendre ce qu'il voyait. Il tapota l'écran mais ce n'était pas une erreur : la petite bande, Nicolas ou ses lunettes, n'étaient plus sur la terre ferme. Ils avaient quitté la ville à bord d'un bateau...

Mes geôliers me reprochent à la fois de ne pas me défendre et de ne pas céder. C'est que je ne suis pas assez sérieux pour donner des leçons et je le suis trop pour en recevoir...

(Extrait de *Considérations intempestives*, par Eduardo Milescu.)

XVII.

Vaco, are : être vide, être vain

Je l'ai compris plus tard, en grandissant, mais Rudy était un génie. Il n'allait plus à l'école depuis longtemps. Des professeurs venaient à la maison. Sa chambre était remplie d'appareils électriques et électroniques que je l'avais vu fabriquer lui-même. Des armées de petits soldats de plomb, surveillés par une figurine de Goldorak, que Rudy adorait, montaient une garde vigilante autour de son lit, acceptant de rompre l'encerclement seulement pour moi, à l'heure de ma lecture. Des piles de livres avaient peu à peu envahi l'espace restant, au point que notre père s'était résigné à leur abandonner une partie du salon. La dernière année qu'il passa avec nous, Rudy s'était pris de passion pour les ouvrages de stratégie et les jeux vidéo. Un jour, des hommes portant des lunettes noires vinrent chez nous. La discussion avec nos parents dura longtemps et, à la fin, notre mère pleurait. Notre père avait le visage sombre. Il s'enferma avec Rudy dans sa chambre. Quand ils en sortirent, Rudy portait une valise. Il partit avec les hommes aux lunettes noires. C'est ce soir-là, le premier que je passais sans lui, que j'ai su que j'aimais mon frère. Mon frère Rudy, mon frère chéri...

Clarence gara le 4 X 4 sur un parking à proximité du port. Il avait effectué des calculs en se fiant aux relevés du GPS et en avait conclu que Violaine et ses amis étaient partis des embarcadères utilisés par les pêcheurs. Il prit son sac et verrouilla le véhicule, avant de gagner les quais à son tour, d'un pas rapide.

Les policiers véreux lui avaient fait perdre un temps précieux. Clarence savait qu'il ne servait à rien de se lamenter, mais ce coup du sort l'avait terriblement énervé. À la recherche d'un informateur, il gardait les mâchoires serrées, arpentant le ciment qui s'effritait par endroits sous les attaques de la mer, du vent et du froid.

Il tomba sur un vieux marin en train de réparer un filin, à bord d'un solide bateau de pêche. L'homme ne tarda pas à lui faire des confidences. Surtout après que Clarence, qui ne voulait pas gaspiller davantage de temps, eut agité sous son nez la promesse de pesos. Quatre jeunes gens, deux garçons et deux filles, étaient bien venus ici en fin de matinée. Mais ils n'étaient pas seuls. Quatre hommes les accompagnaient, des Argentins. Le marin se racla la gorge et cracha par-dessus bord. L'un des Argentins, un type maigre avec une vilaine toux, avait loué les services de Mimic pour une promenade en mer, dans le détroit de Magellan.

« Agustin ! » pensa immédiatement Clarence. Avec la frontière à deux pas, son ancien comparse jouait presque à domicile. Il pouvait compter sur des amis. Et s'il travaillait, comme il le soupçonnait, pour une agence américaine de renseignements, il disposait également de moyens importants. N'empêche que c'était fort de sa part d'avoir mis si vite la main sur les renardeaux. Clarence lui rendit mentalement hommage. Puis il se concentra sur ses propres moyens d'action.

– Le détroit de Magellan, tu dis ?

Clarence vérifia l'écran du GPS. C'était effectivement la direction indiquée. Nicolas avait encore ses lunettes sur le nez ! Un bon point. Il sortit ensuite de son sac une épaisse liasse de billets et se tourna vers le pêcheur qui en resta bouche bée.

– Tu connaîtrais quelqu'un qui voudrait m'emmener faire un tour en mer, moi aussi ? Pas dans une vieille barque pourrie, bien sûr !

Le vieil homme hocha frénétiquement la tête et désigna l'embarcation dans laquelle il se trouvait. C'était un de ces bateaux de pêcheur faits pour la haute mer, puissants et robustes, que l'on rencontre dans tous les bons ports de pêche austraux.

– C'est celui de mon fils, expliqua-t-il. Il n'y en a pas de meilleur à Punta Arenas. Mon fils n'est pas là aujourd'hui mais je peux te conduire. Je connais le détroit comme ma poche, aussi bien que Mimic, mieux même !

– Alors marché conclu, dit Clarence en lui donnant l'argent. Fais le plein, prends un tonneau de fuel en plus, de quoi te couvrir et préviens ta femme s'il t'en reste une : on ne rentrera sans doute pas avant demain. Vite !

Dans un coin du bateau, à l'avant, Arthur, Nicolas, Claire et Violaine étaient serrés les uns contre les autres. Assis sur les planches humides, blottis contre le parapet, ils étaient occupés à se tenir chaud. La température chutait en même temps que le soleil descendait sur l'horizon. L'écume que soulevait l'étrave retombait en fines gouttelettes sur le pont. Le vent, enfin, pénétrait sous les blousons et les pulls, achevant de les glacer. Ils grelottaient.

Claire surtout, qui était agitée par d'interminables frissons. Le froid s'immisçait entre ses vêtements et la brûlait comme des piqûres d'épingles. Mais le découragement la pétrifiait tout autant. C'était fini, elle le savait. Il n'était plus question de Templiers ni d'extraterrestres, encore moins de coffres et d'archives. Cet enlèvement signait la fin de leur équipée et, à moins d'un miracle, leur propre mort. Quelle clémence pouvaient-ils attendre du vampire ? Aucune. Agustin les haïssait, c'était lisible jusque sur son visage ! Oui, un miracle.

Claire regarda Violaine qui semblait indifférente à tout, même au froid. Ils avaient essayé, ensemble, de tirer leur amie de sa léthargie. En vain. À leur grand désarroi, elle s'obstinait à regarder le vide, ne réagissant même plus à leurs paroles. La situation n'était déjà pas brillante. Elle devenait catastrophique.

– Hé ! toi ! rugit l'homme en se plantant devant eux.

Arthur leva les yeux. Il savait que c'était à lui qu'on s'adressait. Ce n'était pas la première fois. La petite bande en effet restait livrée à elle-même, sauf quand Mimic avait besoin de détails pour la navigation. On lui amenait alors Arthur qui, se rappelant avec précision les détails figurant sur le cahier de Goodfellow, les communiquait au pêcheur. Celui-ci hochait gravement la tête et transcrivait les informations du garçon sur une carte marine. Arthur surprit à plusieurs reprises son regard à la fois désolé et inquiet. Le Chilien avait sûrement compris que les jeunes gens n'étaient pas à son bord de leur plein gré. Mais il avait également vu les armes que portaient les hommes, et il n'avait rien dit. Il ne s'était pas rebellé quand Agustin lui avait signifié qu'ils ne rentreraient pas aujourd'hui. Tout au plus avait-il sensiblement ralenti l'allure, pour économiser le carburant.

– J'arrive, répondit Arthur en se levant péniblement.

Claire et Nicolas se serrèrent machinalement contre Violaine pour combler le vide et repousser le froid.

Nicolas non plus n'était pas en forme. Il se délitait même à grande vitesse depuis qu'il avait compris que Violaine resterait prostrée. Il se frottait fréquemment les yeux, signe que sa vision échappait progressivement à son contrôle. Claire s'attendait à une crise imminente. Comme si elle avait besoin de ça…

– On atteindra bientôt l'île de Santa Inés, annonça Agustin à Arthur en pénétrant dans la cabine où les Argentins s'étaient entassés, à l'abri du vent glacé. Explique au capitaine où il doit aller. Pas d'embrouille, hein ? Sinon…

Cela faisait longtemps qu'Arthur ne songeait plus à embrouiller le vampire. Leurs chances de survivre étaient déjà bien assez minces.

– C'est une crique, dit-il en s'adressant à Mimic d'une voix rauque. Au sud de l'île...

Clarence ne quittait pas l'avant du bateau que le vieux pêcheur poussait à vive allure au milieu du chenal. Le paysage autour d'eux était étonnant. Une végétation luxuriante, suintante d'une froide humidité, dévalait les pentes jusqu'à la limite de l'eau salée où des roches rouges et noires lui succédaient. Des fjords étroits invitaient régulièrement à s'engager dans une exploration hors du temps, dans un autre monde, un univers d'eau et de pierre, d'arbres et de brumes, de silence et de grelottements. L'obscurité qui s'avançait augmentait encore cette impression de s'être fourvoyé dans un ailleurs absolu.

– « Il n'y a plus que la Patagonie, la Patagonie, qui convienne à mon immense tristesse, la Patagonie, et un voyage dans les mers du Sud... » murmura-t-il.

Mais Blaise Cendrars n'avait jamais mis les pieds ici ni dans aucun Sud.

– Alors que moi, « Je suis en route, j'ai toujours été en route... » continua-t-il, à l'adresse des paysages immobiles.

Puis Clarence aperçut un phoque et suivit sa course des yeux jusqu'à ce que l'animal disparaisse en plongeant. Son regard se perdit dans les eaux que fendait l'étrave.

Il faisait nuit noire quand le bateau de Mimic pénétra dans la crique décrite par Arthur. Le garçon avait été rappelé dans la cabine dès qu'ils s'en étaient approchés.

– ¡ *Bacán !* s'exclama le pêcheur. J'ignorais complètement l'existence de ce coin ! Et pourtant, je suis déjà venu de nombreuses fois à Santa Inés. Le vieux Rolf en avait parlé à mon père, et à d'autres pêcheurs, mais personne ne l'écoutait. Il paraît qu'à la fin de sa vie, il radotait un peu...

Agustin se contenta de répondre en grognant quelque chose à propos des interminables voyages en bateau.

Le grondement du moteur diesel se répercutait sur les parois rocheuses de l'anse. Après plusieurs heures de mer agitée, la tranquillité des eaux paraissait surnaturelle.

Mimic échoua son bateau en douceur, par l'avant, sur une plage de sable noir tout au fond de la baie. Il était convenu qu'il reste à bord, sous la surveillance d'un des Argentins.

– Enfin ! soupira Agustin qui préférait nettement, semblait-il, la terre ferme à la mer.

Il envoya Arthur chercher le reste de la bande et, sans attendre, sauta du bateau.

Claire retrouva avec soulagement elle aussi la stabilité du sol. L'eau n'était pas vraiment son élément. Même si, à la fin et malgré de nombreux frissons, elle avait récupéré des forces et du courage dans le vent qui soufflait et soulevait par endroits des gerbes d'écume. Serrant Violaine contre elle et tenant Nicolas par la main, Claire suivit le groupe en direction d'un gigantesque amas de rochers.

Les pieds de Nicolas s'enfonçaient dans le sable. Des images de vacances au bord de la mer surgirent du passé. Ses parents lisaient, allongés en maillot de bain sous le parasol et sur des serviettes. Lui, il était assis sur le sable et il construisait un château fort. En fermant les yeux, il pouvait encore sentir l'odeur de crème solaire de sa mère, entendre le rouleau des vagues heurter la plage, les cris d'autres enfants poursuivant un ballon... Il secoua la tête. Ces souvenirs n'étaient pas les bienvenus. Surtout maintenant, alors que Violaine allait de plus en plus mal et qu'Arthur jouait l'otage auprès du vampire. Il pressa la main de Claire et marqua un temps d'arrêt. Ça commençait ! Sous ses yeux, les formes sombres se transformaient en taches de couleur, puis redevenaient ce qu'elles étaient, avant de disparaître à nouveau. Sa vision jouait à la bascule sans qu'il le décide. Il détestait ça !

– Tes yeux ? demanda simplement Claire qui comprenait ce qui lui arrivait.

– Oui, grommela Nicolas. Ça va passer, ça finit toujours par passer. Faudra juste m'aider à avancer.

Claire rassembla son courage. Si elle flanchait, ils seraient trois à en souffrir. Serrant les dents, guidant ses amis de son mieux, elle accéléra pour ne pas se laisser distancer.

Arthur marchait devant. Il se sentait reposé. Ses maux de tête l'avaient laissé tranquille pendant le trajet en bateau. Est-ce que c'était l'effet des exercices cérébraux auxquels il s'était astreint sur le pont ? Ou bien le ronronnement régulier du moteur qui l'avait apaisé ? En ce cas, il faudrait peut-être installer un diesel dans leur planque à Paris ! S'ils s'en sortaient. Car ce n'était pas franchement gagné. Dès qu'Agustin aurait ce qu'il voulait, il les éliminerait tous les quatre. Il ne se faisait aucune illusion.

– Alors ? grogna Agustin, impatient, en le bousculant. C'est par où ?

– Je cherche, répondit Arthur le plus calmement possible. Ce n'est pas facile, il fait nuit, on ne voit rien.

Dans sa prodigieuse mémoire, les détails fournis par Goodfellow avaient clignoté comme autant de signes de piste. À sa profonde stupéfaction, tout collait absolument. Le cahier qu'ils avaient dû abandonner au milieu de leurs affaires, sur le quai de Punta Arenas, fourmillait d'indications totalement exactes. En tout cas jusqu'à leur arrivée sur l'île. Après, c'était beaucoup plus flou.

Ils quittèrent la plage et traversèrent une zone de rochers, dans laquelle ils errèrent un moment. Enfin, après de nombreux détours, une énorme porte taillée dans un bloc de pierre apparut dans les faisceaux des lampes torches, au pied d'une falaise blanche.

Le bloc pesait certainement des tonnes. Un symbole qu'Arthur identifia comme une croix templière était gravé en haut, à droite. Les gonds de la porte gigantesque étaient en fer. Close, il leur aurait été impossible de l'ouvrir. Mais elle penchait piteusement sur le côté, comme si elle avait été arrachée, soufflée par une explosion.

Arthur eut un sinistre pressentiment.

– Et maintenant ? demanda Agustin qui s'était glissé juste devant lui.

– Maintenant, je n'en sais pas plus que vous, répondit Arthur d'un ton détaché. J'imagine qu'il faut entrer.

Réfrénant un mouvement de recul, Agustin s'avança et promena le faisceau de sa lampe à l'intérieur. Pourquoi fallait-il toujours, quand il était avec ces maudits gosses, qu'il y ait des grottes ? Il détestait ça. C'était un mauvais présage.

– On y est ? chuchota Claire qui, avec les deux autres, avait rejoint Arthur devant l'entrée monumentale.

– C'est le fortin des Tecplan... Tecpantlaques, l'endroit secret dont parle Marco Polo ? demanda Nicolas. Mes yeux me jouent des tours, mais je distingue quand même une porte. C'est génial !

Le garçon était terriblement excité.

– Oui, c'est le fortin, répondit Arthur, le visage sombre.

– Alors, continua Nicolas, on va trouver à l'intérieur le trésor des Templiers, hein ?

– Je ne sais pas. La porte, elle a été arrachée.

Une lumière annonça le retour d'Agustin. Il avait retrouvé toute son assurance.

– C'est bon, on peut y aller, dit-il.

Les uns après les autres ils franchirent le seuil et, empruntant des escaliers taillés dans la roche, pénétrèrent sous terre.

La lumière des lampes éclaira bientôt un lieu extraordinaire. Ce qui n'était à l'origine qu'une caverne naturelle de vastes dimensions avait été transformé par des bâtisseurs inspirés en un édifice incroyable. Utilisant l'architecture de la grotte, avec des pierres taillées et du ciment, les Templiers avaient érigé au creux de la montagne une véritable commanderie. L'ensemble, murs, piliers et voûte, parfaitement intégré à la caverne, tenait à la fois du château fort et de la cathédrale. La petite bande resta ébahie. Les Argentins eux-mêmes semblaient saisis par la beauté de l'endroit.

– Un bon point pour Goodfellow, chuchota Claire. La fameuse forteresse secrète des Templiers existe !

– Et le trésor ? dit Nicolas. Si la forteresse existe, il existe aussi !

Sous l'effet de l'excitation, le cafouillage de sa vision s'était atténué. Nicolas récupérait peu à peu le contrôle de ses yeux. Par prudence, et parce que passer d'un mode à l'autre était épuisant, il cliqua sur l'option infrarouge et la verrouilla. Dans les ténèbres souterraines, c'était la plus appropriée !

– Il vaut mieux qu'il existe, répondit Arthur en se mordant la lèvre. Sinon, le vampire sera furieux.

Les hommes d'Agustin commencèrent à fouiller la grotte. La bande fut emmenée dans un coin et laissée à l'écart.

– Cet endroit me semble bien vide, soupira Arthur.

Son regard s'attarda sur les murs et les piliers faiblement éclairés. Il repéra, sculptés sur un chapiteau, la croix templière ainsi qu'un autre symbole templier plus rare : une triple enceinte, formée de trois carrés concentriques unis entre eux par quatre lignes droites perpendiculaires. Il montra la sculpture à Claire ainsi qu'à Nicolas, qui en repéra immédiatement d'autres dans la salle.

Un homme d'Agustin fit tout à coup de grands gestes, dans le fond.

– Ça continue par là ! Il y a un couloir !

Agustin vint les chercher. Il leur fit signe, avec sa mitraillette, de les suivre. Ils prirent avec lui une galerie creusée dans la roche et débouchèrent dans une autre pièce, une grotte naturelle elle aussi, mais petite et grossièrement aménagée. Aussi vide que la première. Agustin se tourna vers les quatre jeunes gens et les foudroya du regard.

Une voix surexcitée retentit alors dans le couloir.

– Agustin ! On a trouvé quelque chose...

Clarence se pencha au-dessus des empreintes qui indiquaient un piétinement sur le sable. Il avait repéré le bateau d'Agustin de l'autre côté de la plage. Il étouffa la lumière de sa lampe avec la paume de sa main, avant de l'éteindre complètement. La piste était facile à suivre. Il laissa à ses yeux le temps de s'accoutumer à l'obscurité, puis dégainant le pistolet pris au policier argentin, il marcha sans bruit en direction des rochers et de la falaise blanche.

Poussés sans ménagements par Agustin, ils retournèrent dans la grotte-cathédrale.

Contre un mur de pierres noircies par le temps, une rangée de grandes caisses en bois, cerclées de fer rouillé, pourrissait tranquillement.

– Le trésor ! s'émerveilla Claire. Enfin…

Nicolas lui prit le bras. Sa vision lui révélait, *en même temps qu'un large halo bleuté,* la vérité.

– Non… murmura-t-il. Il n'y a rien.

Agustin ouvrit lui-même les coffres, les uns après les autres. Ils étaient vides. Il referma le couvercle du dernier d'un geste rageur.

– Alors ? demanda Agustin en se tournant vers Arthur. J'attends vos explications !

La déception était terrible pour la petite bande. Des caisses vides ! Au moins, sur le mont Aiguille, le coffret qu'ils avaient découvert, même s'ils n'avaient pas pu en profiter, contenait des documents… Une sensation d'écœurement les saisit, comme un coup de poing à l'estomac. Seule Violaine restait égale à elle-même, désespérément absente.

– On ne savait pas, répondit Arthur au prix d'un énorme effort. On a juste trouvé dans un livre la promesse d'un trésor et des indications pour se rendre ici. On est aussi déçus que vous.

Il jugea avec bon sens que ce n'était pas la peine d'évoquer Goodfellow et les Templiers. Tout en parlant au vampire, il remarqua une inscription latine gravée sur le couvercle du dernier coffre, ainsi qu'un motif à demi effacé : une lune, un croissant de lune. Il rangea ces détails avec tous les autres, dans un coin de sa mémoire.

Pendant ce temps, Agustin avait retrouvé son calme. Il eut tout à coup l'air de réfléchir.

– Un livre, hein ? Pas très précis, tout ça. C'est gênant, car voyez-vous, mon employeur exige des réponses précises et vous semblez incapables d'en donner. De mon côté, j'ai promis à un vieil ami de vous tuer…

Nicolas était au bord de la panique. Les histoires de vampire l'avaient toujours terrifié. Ce gars, Agustin, était carrément flippant. Est-ce qu'il allait boire leur sang quand il les aurait tués ? Pour retrouver un peu de courage, il se rapprocha de Claire.

C'est à ce moment précis que Violaine sortit de sa torpeur.

La jeune fille poussa un cri qui s'étrangla dans sa gorge. Ses yeux s'écarquillèrent et elle inspira profondément, cherchant à reprendre son souffle comme si elle était restée des jours entiers en apnée. Elle se tourna à droite puis à gauche, essayant de comprendre où elle se trouvait. Puis elle tomba en sanglotant dans les bras de Claire.

Agustin ricana.

– Ça fait quelque chose, hein ? Savoir qu'on va crever, pas de sentiment plus terrible !

– Ça va aller, Violaine, murmura Arthur. On est là, tous les trois.

– Oui, répéta Nicolas qui se serrait contre elle, les larmes aux yeux. On est là et on t'aime !

Derrière eux, Agustin prenait à tort la scène qui se déroulait sous ses yeux pour une manifestation de peur et jouissait de son effet.

– Vous me fendez le cœur, finit-il par lâcher avec un sourire cruel. Je n'aime pas les compromis mais je ferai une exception, pour une fois. Je vais garder en vie le garçon qui sait tout pour mon employeur, et liquider les trois autres pour tenir ma promesse ! Qu'en dites-vous ?

Une détonation claqua comme un coup de tonnerre dans la grotte et l'homme qui se tenait à côté d'Agustin s'effondra en gémissant.

– Personnellement, dit une voix dans l'ombre, je pense que tu es complètement cinglé. Lâche ton arme, Agustin.

La détonation puis les mots, sortis de la pénombre, agirent sur la bande comme un coup de fouet.

– Clarence... murmura Violaine d'une voix tremblante. C'est Clarence là-bas, dans l'ombre. Je le sais...

– Si c'est Clarence, on n'a pas intérêt à s'attarder dans le coin ! les bouscula Nicolas. Ça va chauffer méchamment.

CXCVIII. Description des forts tecpantlaques

Sachez-le, les Tecpantlaques ont des fortins en pierre sur toute la côte, au nord et au sud du pays Piaui jusque dans le passage entre les océans. Ils y cachent leurs secrets. C'est dans le passage, à l'ouest, au creux d'une île à forme de chameau, que se trouve une forteresse particulière qui bénéficie de toutes leurs attentions et qui abrite un grand trésor. Il y a aussi, dit-on, loin vers l'ouest quand on a traversé le monde, tout au bout du deuxième océan, une construction tecpantlaque admirable érigée au cœur d'un chapelet d'îles connues sous le nom de Vijayas. Mais nous en finirons ici avec cette histoire.

(Marco Polo, *Le Devisement du monde*, chapitre 198 tel qu'il se termine brutalement dans le manuscrit des Ghisi.)

XVIII.

Tenebrio, onis, m. : un ami des ténèbres

« Qu'est-ce que tu fais dehors, ma chérie ? Tu n'as pas vu qu'il faisait nuit ? » « Tu vas attraper froid, regarde, tu n'as même pas mis de manteau ! Pourquoi es-tu sortie ? » « On t'avait pourtant défendu de sauter par la fenêtre ! » « Oh, tu as de la terre partout ! » « Qu'est-ce que tu as fait à ton lapin ? Il a la bouche décousue ! Et ses yeux, on dirait qu'ils ont fondu, tu as joué avec un briquet ? » Voilà tout ce qu'ont trouvé à dire mes parents lorsqu'ils m'ont surprise dans le jardin, à côté du frêne. J'ai regardé Boule-de-poils, consternée. Mais je n'avais plus dans les mains qu'une peluche comme les autres, sale et déchirée. La porte s'était refermée au moment où j'allais rentrer chez moi, dans mon vrai chez-moi, et Boule-de-poils, le vrai Boule-de-poils, était parti. J'étais à nouveau seule. Ils avaient tout gâché. J'ai expliqué ça à mes parents, entre deux sanglots. Lorsque, des années plus tard, je leur ai révélé ma nature de sylphide, ils m'ont conduite à la Clinique du Lac. Cette fois, ils se sont contentés de m'emmener voir une psychiatre, qui a conclu à l'invention d'un ami et d'un monde imaginaire parce que je n'avais pas de petit frère. Les adultes me désespèrent. Ils ont des yeux et ils sont incapables de voir…

Claire trébucha quand Nicolas bondit en avant. Elle serra plus fort encore la main de Violaine dans la sienne et emboîta le pas au garçon, sans réfléchir. Ils profitèrent de l'absence de réaction d'un Agustin tétanisé par le coup de feu pour s'engouffrer dans le couloir menant à la deuxième salle.

– On va droit dans un cul-de-sac ! haleta Claire.

– Le problème, c'est qu'entre la sortie et nous, il y a Clarence et Agustin, rétorqua Nicolas sans ralentir.

Mais ils n'avaient pas de lumière et ils progressaient avec difficulté.

– Arrêtez, vous me faites pitié, soupira le garçon. Arthur, prends la main de Violaine, et toi, Claire, ne me lâche pas.

– À quoi bon ? dit Arthur. On va bientôt tomber sur un mur !

– C'est là que tu te trompes, répondit joyeusement Nicolas. Il y a une issue, une porte secrète, dans le fond. Je l'ai vue tout à l'heure.

Les paroles de Nicolas leur insufflèrent un nouvel espoir. Ils serrèrent les dents.

– Ça va ? demanda Claire à Violaine qui respirait bruyamment à son oreille.

– Oui. Mais je suis crevée... Si je m'écoutais, je me laisserais tomber par terre et je m'endormirais aussitôt. Qu'est-ce qui s'est passé ?

– Tu étais malade... répondit Claire en cherchant son souffle. Agustin nous a enlevés à notre arrivée à Punta Arenas... Là on est chez les Templiers, mais le trésor s'est envolé... Le reste plus tard. Trop compliqué...

Ils parvinrent au fond de la grotte. Au-delà, il n'y avait plus qu'un mur de pierre et le rocher. Ils entendirent plusieurs détonations, lointaines, puis le crépitement d'une rafale de mitraillette.

– Vite, Nicolas... le supplia Claire.

– Ça vient, ça vient !

Derrière ses lunettes, Nicolas distinguait parfaitement la porte, *violette*, au milieu des pierres *bleues*, ainsi que le couloir conduisant à l'extérieur, *un extérieur tapissé de nuances rougeâtres*. Mais il ne parvenait pas à trouver le mécanisme d'ouverture.

À force de tripoter les aspérités du bâti, il entendit un déclic et une fissure apparut dans la paroi.

– Aidez-moi à pousser, dit Nicolas en ahanant sous l'effort, c'est coincé !

Ils s'y mirent tous les quatre et le bloc finit par bouger, libérant une ouverture suffisante pour qu'ils puissent passer. On distinguait, au fond d'un tunnel grossier creusé dans la roche, la clarté des étoiles.

Violaine frémit. Brutalement immergée dans l'action, elle n'avait pas eu le temps d'avoir peur. Mais cet antre plongé dans l'obscurité, avec comme seule lueur le bout du tunnel, la ramena brutalement à des angoisses qu'elle n'avait plus éprouvées depuis son séjour forcé dans la grotte de Saint-Maurice. Sa gorge se serra. Les dragons allaient venir. Ils allaient surgir du plus noir de la nuit et les emmener tout au fond de la caverne, là où ils ont leur nid. Là où ils se rassemblent en des nœuds démoniaques. Non, jamais ils ne quitteraient cet endroit...

Claire poussa un cri. Le faisceau d'une lampe les surprit comme des animaux apeurés. Ils restèrent figés.

– Plus rien ne vous sauvera, à présent, fit une voix qu'ils connaissaient bien.

Une voix rauque teintée d'un fort accent espagnol.

– Agustin, articula péniblement Arthur.

– Qu'est-ce que vous avez fait à Clarence ? cria Violaine.

Sa voix se cassa à la fin de la question.

– Moi ? rien, ricana Agustin. Mon ami s'en est occupé. J'ai mieux à faire de mon côté.

Il jeta par terre son pistolet-mitrailleur, vide, et brandit un couteau. La vue de cette lame, plus effrayante que n'importe quelle arme à feu, les tira de leur paralysie. Arthur et Violaine, côte à côte, détalèrent aussitôt par la porte entrouverte.

Claire et Nicolas allaient s'engouffrer à leur suite quand Agustin, vif comme un serpent, attrapa Nicolas par le bras. Le garçon poussa un cri et se débattit frénétiquement, en vain. La poigne du vampire était solide.

Claire sentit un étrange sentiment l'envahir. Elle avait déjà vécu cette scène ! Enfin, quelque chose d'approchant. Elle était petite alors. Elle s'était enfuie dans le jardin avec son lapin en peluche à la recherche d'une porte vers un autre monde. Ses parents l'avaient rattrapée, ils avaient tout gâché. Mais elle était enfant, alors sa colère n'avait pas duré. Seulement aujourd'hui, elle était grande, et la colère qu'elle sentait gronder en elle contre le vampire qui voulait leur interdire le passage était grande elle aussi. Trop grande pour qu'elle puisse la contenir. Ses yeux, ses grands yeux bleus et doux, s'assombrirent et se durcirent. Elle jeta un regard de haine pure sur Agustin.

Je fais un pas, un tout petit pas et j'ai sous les yeux le vilain couteau brandi par le méchant vampire. C'est amusant, le vampire tourne la tête pour me voir, mais il ne regarde pas dans la bonne direction. C'est vrai que j'étais là, mais je suis partie depuis longtemps. Il est si lent ! J'ai envie d'essayer quelque chose : je vais laisser mon doigt, celui qui a l'ongle le plus pointu, devant son œil. Comme ça, s'il continue, il va se faire mal tout seul !

Agustin hurla. Une pointe lui avait ravagé l'œil. Il lâcha le couteau et porta la main à son visage. Il la retira poisseuse de sang. La sorcière, c'était la sorcière ! Elle lui avait crevé l'œil ! Elle allait le payer.

Il prit Nicolas par le cou et s'apprêta à l'étrangler.

Bas les pattes, vilain vampire ! Il ouvre la bouche, pour parler ou pour mordre, mais moi j'ai le temps d'enlever un par un tous les doigts qui retiennent Nicolas et de tirer mon ami en arrière. Tiens, en supplément, je casse le dernier doigt. C'est pour toi, Boule-de-poils !

Agustin poussa un nouveau hurlement de douleur. Une seconde plus tôt il était sur le point de tuer le morveux, et maintenant le môme était à un mètre de lui. En plus, le petit doigt de sa main gauche pendait sur le côté, presque arraché. Il avait laissé tomber sa lampe, qui s'était brisée sur le sol. Bon sang ! Il allait y laisser sa peau !

Le vampire a l'air paniqué, il ne comprend pas ! Hi hi ! Je m'amuse bien ! Je... qu'est-ce qui m'arrive ? Je... tout tourne autour de moi. Je suis tombée, je crois. Couchée par terre. Je vais dormir. Si fatiguée ! On m'agrippe, on me traîne sur le sol... Je me laisse faire. Si fatiguée...

– Ne bouge pas, ne parle pas, chuchota Nicolas à l'oreille de Claire.

Le garçon utilisait toutes ses forces pour l'emmener à l'écart, loin d'Agustin. Sans lampe, le vampire n'aurait plus le moyen de les repérer. S'ils restaient silencieux !

Claire venait de lui sauver la vie. Elle avait bougé à sa façon, et elle s'était vidée de son énergie. La jeune fille, étendue par terre, tremblante, n'aurait certainement pas la force de marcher toute seule avant longtemps. Un problème après l'autre : le plus urgent était de survivre à Agustin.

Mais l'Argentin ne pensait qu'à s'enfuir. Il tituba, se rattrapa contre le mur qu'il longea jusqu'à l'entrée du passage secret. Il disparut dans le tunnel.

– Où sont les autres ? demanda brusquement Violaine alors qu'ils foulaient déjà le sable noir de la plage, respirant à pleins poumons l'air libre retrouvé.

Arthur s'arrêta de courir et regarda en arrière, cherchant en vain Claire et Nicolas au milieu des ombres.

– Je croyais qu'ils nous suivaient ! paniqua-t-il. J'étais persuadé qu'ils étaient juste derrière nous ! J'ai été trompé par l'écho de notre propre course...

– Il faut faire demi-tour, dit Violaine. Ils sont restés à l'intérieur. Il faut aller les chercher.

Elle avait l'impression qu'elle ne pourrait pas faire un pas de plus. Pourtant, elle réussit à suivre Arthur qui rebroussait chemin vers le tunnel et le chaos de rochers. Elle avait le souffle court. La tête lui tourna un bref instant. Elle se mordit la lèvre jusqu'au sang pour retrouver sa lucidité. Claire et Nicolas avaient besoin d'eux. Ce n'était pas le moment de tomber dans les pommes comme une fillette !

Ils s'arrêtèrent net en apercevant une silhouette qui marchait dans leur direction. C'était Agustin.

– Trop tard ! gémit Violaine en se prenant la tête entre les mains. Il… Il les a sûrement…

– Calme-toi, Violaine, dit Arthur en déglutissant. Tu connais Nicolas et tu sais ce dont Claire est capable. Je suis sûr qu'ils s'en sont tirés !

Agustin avançait toujours. Il tenait un mouchoir taché de sang sur son œil. Il s'arrêta devant eux et sortit un pistolet de derrière son dos.

– *¡ Madre de Dios !* Petites crevures ! Je vais vous abattre comme des chiens !

– Qu'est-ce que vous leur avez fait ? hurla Violaine.

Agustin esquissa un rictus cruel.

– Tu parles de la sorcière et du gamin aveugle ?

Il mit son pouce contre sa gorge et fit signe qu'il les avait égorgés. Puis il leva son arme.

Un déferlement de rage s'empara de Violaine.

Claire et Nicolas, morts. Clarence, mort. Bientôt Arthur et elle, morts. Non, c'était davantage que de la colère. C'était une émotion terrible, inconnue, qui la submergeait, et contre laquelle elle ne pouvait lutter. Elle ne se sentit plus faible du tout. Au contraire.

Elle tomba à genoux dans le sable, provoquant chez Agustin un mouvement de recul étonné. La tête de Violaine dodelinait, comme celle d'un voyageur endormi dans un train. Arthur tendit la main vers elle. Mais avant qu'il ait pu terminer son geste, le corps de son amie se tendit comme un arc. Son visage pivota en direction de l'homme qui les menaçait. Ses yeux, révulsés, étaient devenus blancs.

Le chevalier resplendissait sous les étoiles qui piquetaient le ciel. Il ajusta son heaume immaculé, brandit son bouclier étincelant et dégaina son épée de lumière. Puis, après l'avoir saluée en s'inclinant, il quitta Violaine et marcha sur le dragon noir qui feulait. Un jet de flammes visa le chevalier, qui se protégea derrière le bouclier avant de se fendre et de toucher le monstre au flanc.

Agustin hoqueta de surprise. Ses yeux s'arrondirent et sa bouche s'entrouvrit.

Vif comme l'éclair, le dragon essaya de planter ses crocs acérés dans la gorge de son adversaire. Mais le chevalier se protégea avec son gantelet, et envoya un coup de poing qui étourdit la bête.

Agustin tressaillit. Ses bras tombèrent le long du corps et sa main laissa échapper le pistolet.

Le dragon reculait. De noir il était devenu gris. Ses feulements étaient des cris de peur. Il essayait de se mettre à l'abri des coups que le chevalier assénait de plus en plus fort. Assommé par le bouclier, il oublia d'esquiver le nouvel assaut. L'épée le toucha au cœur. Le dragon poussa un râle d'agonie et commença à se dissoudre, petit à petit, à la façon de la brume dispersée par le soleil et le vent.

Violaine se contracta une dernière fois, laissa échapper un long soupir et bascula vers l'avant dans le sable. Arthur se précipita.

– Qu'est-ce qui s'est passé ? la pressa-t-il en l'aidant à se relever. Tu vas bien ?

Violaine ne répondit pas. Elle s'accrocha convulsivement à lui et se mit à pleurer, doucement, tout doucement. Sonné lui aussi par l'intensité de la scène à laquelle il avait assisté, il décida de remettre ses questions à plus tard.

Tout en réconfortant Violaine, il observa Agustin.

Le vampire n'avait pas bougé. Il était resté debout et s'était simplement voûté, ses bras pendant toujours inutilement. De la bave coulait à présent de sa bouche entrouverte, et son œil, son œil intact était vide. Il ne regardait rien.

Arthur sentit un frisson d'horreur le gagner. Il y avait dans ce regard une terreur indicible. Dans quel enfer Violaine l'avait-elle projeté ? Il préférait ne jamais le savoir.

Il consolait toujours Violaine quand un mouvement attira son attention du côté des rochers. Il se tordit le cou pour essayer de distinguer quelque chose. Puis il vit Nicolas et Claire, l'un peinant à soutenir l'autre.

– Violaine ! hurla-t-il. C'est Claire et Nicolas, ils sont vivants !

– Vivants ? balbutia-t-elle en relevant la tête.

– Oui, vivants !

S'il n'avait pas été obligé de soutenir la jeune fille, il aurait dansé la gigue sur la plage.

Les quatre amis s'étreignirent, comme pour s'assurer qu'ils étaient là, ensemble, eux et non leurs fantômes.

– On a cru, en ne vous voyant pas derrière nous... commença Violaine.

– Claire m'a tiré des pattes d'Agustin, expliqua Nicolas en serrant plus fort la main de la jeune fille épuisée. Mais après, il a fallu se planquer.

– Moi c'est Violaine qui m'a sauvé la vie, répondit Arthur.

– Heureusement qu'on a les filles avec nous dans ces moments-là, hein ? dit Nicolas. Ça vaut le coup de les supporter le reste du temps !

– Attends un peu qu'on ait retrouvé nos forces ! le menaça Violaine.

Claire ne répondit rien. Mais son sourire valait tous les commentaires. Ils s'en étaient sortis, encore une fois. C'était un vrai miracle.

Claire et Nicolas prirent alors seulement conscience de la présence d'Agustin, figé dans l'obscurité comme une statue, à quelques pas d'eux. Ils eurent un moment de panique, mais Arthur les rassura.

– Violaine lui a fait passer un sale quart d'heure, résuma-t-il. Il... il n'est plus dangereux. Mais ne le regardez pas, ne regardez pas ses yeux !

Claire posa un regard interrogateur sur Arthur, puis sur Violaine, mais elle n'eut pas d'autres précisions.

– Et les brutes qui étaient à ses ordres ? s'inquiéta Nicolas en regardant furtivement autour de lui, comme s'il craignait de les voir surgir.

– Pas vus, dit Arthur. Mais tu as raison, il faut ficher le camp, le plus vite possible. Par n'importe quel moyen, ajouta-t-il en tournant la tête vers la mer.

In occultis locis... (Dans des lieux cachés...)

(Morceau de phrase gravé à côté d'un motif en forme de croissant de lune, sur l'une des caisses vides entreposées dans la grotte de l'île de Santa Inés.)

XIX.

Navem deducere : mettre un navire à la mer

J'ai découvert un nouveau jeu, il s'appelle « la chasse aux fantômes ». Il suffit de se fixer un objectif : des documents cachés dans une montagne ou bien un trésor dissimulé sur une île, par exemple. Ensuite, il faut une piste : des énigmes débiles ou bien un récit cousu de fil blanc. Ah, ne pas oublier des méchants, qui essayent de vous voler et même accessoirement de vous tuer. Bien. Ensuite, il faut remonter cette piste jusqu'au bout. Pour l'instant, rien que de très banal. Mais au moment où l'on prend les documents, ou bien qu'on ouvre la malle au trésor, pouf ! Plus rien ! Du vide ! Du vent ! C'est ça, la « chasse aux fantômes ». Cela fait deux fois que j'y joue. Oh, il y a de bons moments, je ne dis pas. Mais on finit quand même par se lasser...

– Je vois très bien le moteur, annonça Nicolas. Il est rouge vif. Il palpite comme un cœur dans la nuit.

– Je sais que tu aimes la poésie, dit Claire, mais ce n'est pas la peine d'en faire des tonnes. On s'en moque, du moteur ! On voudrait savoir s'il y a du monde à bord.

La petite bande s'était approchée le plus discrètement possible du bateau qui les avait conduits à Santa Inés, avec Agustin. Il tanguait au bord de la plage, le nez planté dans le sable, ballotté par des vaguelettes.

– Seulement le pilote, bougonna Nicolas.

– Tu es sûr ? demanda Violaine.

– Sûr et certain. Je ne vais pas vous décrire ce que je vois puisque vous n'aimez pas quand je m'attarde, mais il y a un seul homme sur ce bateau.

– Et alentour ? s'enquit Arthur.

Nicolas balaya les environs du regard, avant de le poser sur son ami.

– C'est désert. Il y a bien quelques crustacés enfouis dans le sable et un ou deux oiseaux dans les rochers, mais pas d'animaux à deux pattes.

– Tiens, au fait, dit Arthur en fronçant les sourcils, tu as enlevé tes lunettes ?

– Je les ai perdues dans la grotte, rectifia Nicolas avec un air malheureux. Je les portais depuis des années, elles vont me manquer. Surtout tout à l'heure, quand il fera jour !

– On t'en achètera d'autres à Punta Arenas, lui promit Arthur.

– On n'y est pas encore, à Punta Arenas, intervint Violaine. Et plus on attend, plus on a de risques de voir arriver les hommes d'Agustin.

– Qu'est-ce que tu proposes ? lui demanda Claire dans un murmure.

Elle éprouvait une joie farouche à prononcer ces simples mots. Des mots qu'elle avait cru ne jamais pouvoir prononcer à nouveau. Car « qu'est-ce que tu proposes » signifiait en réalité : tu es Violaine, c'est toi qui nous guides, on te suivra les yeux fermés !

– Je vais grimper à bord et demander à ce type de nous faire un brin de conduite, répondit Violaine. Croyez-moi, je serai très convaincante !

Elle avait insisté sur le « très ». Violaine quitta le rocher derrière lequel ils s'abritaient et marcha vers le bateau. Ses amis n'eurent pas le temps de réagir.

– On dirait qu'elle a repris du poil de la bête, notre Violaine, lança Nicolas.

Il avait déverrouillé le mode coloré, sitôt leur amie partie.

– Elle n'a fait qu'une bouchée d'Agustin, tout à l'heure ! confirma Arthur. Je n'ai rien vu mais j'imagine que le dragon de cette ordure a reçu une belle correction.

– Il est mort, dit Claire.

– Qui est mort ? demanda Nicolas, interdit.

– Le dragon du vampire. Violaine l'a tué.

– Ah bon ? Tu sais ça comment, toi ? s'étonna Nicolas.

– Je le sais, c'est tout.

Un silence gêné s'instaura. Ils venaient de comprendre que, pour les sauver, Violaine avait fait quelque chose de terrible.

Nicolas détourna son attention du côté du bateau. Il se concentra et sa vision changea de nouveau. Bien. Tout fonctionnait normalement ! La nuit disparut, laissant à nouveau place aux couleurs. L'une de ces couleurs, *rouge, très rouge,* s'agitait, *sur un fond bleu.*

– Je la vois, elle est sur le pont, elle nous fait signe de venir ! s'exclama-t-il.

Soutenant Claire encore très faible, ils s'empressèrent de rejoindre le bateau. Mimic était avec Violaine et aida les garçons à hisser Claire.

– Je ne parle pas espagnol, expliqua rapidement Violaine, mais j'ai bien compris qu'il était soulagé de me voir.

Tandis qu'ils s'installaient dans la cabine, Arthur échangea quelques mots avec le pêcheur.

– Il dit que l'homme resté avec lui a brusquement monté le son du talkie-walkie, avant de se précipiter sur la plage en jurant. À mon avis, ils étaient tous branchés sur la même fréquence. Il a dû assister à l'intrusion bruyante de Clarence dans la grotte ! Mimic dit aussi qu'il aurait pu repartir, mais il ne l'a pas fait à cause de nous...

– Annonce-lui qu'on n'attend plus personne, le coupa Violaine. Quittons cet endroit, vite. Il me donne la chair de poule maintenant.

Le pêcheur ne se le fit pas dire deux fois. Il démarra, enclencha la marche arrière et le puissant moteur arracha le bateau à la plage.

Quelques instants plus tard, ils naviguaient au milieu de la crique, en direction du chenal principal.

Mimic confia aux garçons le soin de préparer un café dans la minuscule cambuse. Nicolas fouilla dans le coffre à outils et dénicha une paire de lunettes de soudeur qui lui donnait l'air inquiétant mais lui permit de circuler normalement sous la lumière des ampoules électriques.

Ils burent chacun leur tour le liquide brûlant dans un quart en métal, grignotant des biscuits trouvés dans un placard. Arthur prit le temps de raconter à Mimic une histoire de trésor et d'aventuriers cupides qui s'étaient entre-tués pour des caisses vides. Mais le pêcheur ne se montra pas très curieux, comme s'il voulait éviter d'être impliqué davantage. Quoi qu'il pût réellement en penser, il accepta l'explication en hochant la tête.

Puis ils se réfugièrent tous les quatre à l'arrière, abandonnant leur pilote à une solitude qui lui était coutumière.

– Comment tu te sens, Violaine ? s'enquit Arthur.

– Mieux, répondit la jeune fille en esquissant un sourire. Ça m'a fait du bien de boire un truc chaud et de grignoter.

– Tu nous as fait très peur, ces derniers jours, tu sais !

– Je suis désolée. C'est difficile à expliquer…

Elle avait perdu d'un seul coup son ton énergique. Arthur lui adressa un sourire d'encouragement. Elle prit une grande inspiration et se lança :

– On parlait d'Antoine, avec Claire, et de sa gentillesse. Quand Claire m'a dit que, peut-être, j'influais sans le savoir sur son dragon, ça m'a terrifiée, vous comprenez ? Parce que si je faisais ça avec Antoine, je le faisais peut-être avec les autres. Avec vous, aussi. C'est horrible ! Vous êtes ce que j'ai de plus précieux au monde !

Elle n'eut pas le courage d'en dire plus.

– Tu as peur d'influer sur nos dragons à nous ? dit doucement Arthur.

Elle garda les yeux baissés et hocha plusieurs fois la tête.

– Peur de vous manipuler, oui, avoua-t-elle dans un murmure. Vous allez me détester, et vous aurez raison.

– Tu crois qu'on est tes amis parce que tu veux qu'on soit tes amis ? s'offusqua Nicolas. C'est idiot, comme idée !

– Non, répondit Violaine avec désespoir, ce n'est pas idiot. C'est sûrement ce qui s'est passé quand on s'est rencontrés. Je me sentais tellement seule, à la clinique !

– Ce n'est pas tout à fait vrai, dit Claire d'une voix faible.

Ils tournèrent vers elle des visages intrigués.

– Nous aussi on était seuls, continua-t-elle. Et si nos dragons s'étaient trouvés ? S'ils avaient fraternisé, en même temps que l'on devenait amis ? Dans ce cas, ce sont nos propres dragons qui auraient influé sur nous !

– Claire a raison, appuya gravement Arthur.

– C'est chouette, cette idée de dragons qui s'embrassent ! renchérit Nicolas.

– Tu te trompes, Claire, murmura Violainc. Vous vous trompez tous sur mon compte. Je suis une sale égoïste et j'oblige les autres à faire mes caprices…

– Tu sais quel est ton problème ? reprit Claire.

Violaine fit non de la tête. Ses cheveux, emmêlés, lui donnaient un air encore plus perdu, encore plus triste.

– Tu te sens responsable de tout. Tu refuses que les autres puissent faire leurs propres choix. Bon, tu le pousses peut-être un peu, mais si Antoine ne voulait pas nous aider, il ne nous aiderait pas. Et si on ne t'aimait pas, tu ne pourrais pas nous obliger à t'aimer. Tu te donnes trop d'importance !

– Tu crois ? demanda Violaine, envahie par un timide sentiment d'espoir.

– Bien sûr ! répondit Nicolas à la place de Claire. Et si je n'étais pas déjà ton ami, après tout ce que tu viens de dire, je me battrais pour le devenir.

– Ah bon ?

– Tu ne supportes pas l'idée de faire du mal à ceux que tu aimes. Tu manques en crever, même ! C'est une sacrée preuve d'amitié, non ?

La tension qui avait saisi Violaine en cours de discussion s'évanouit. Elle se sentit tout à coup terriblement soulagée. Qu'elle était donc stupide ! Quand on avait la chance de pouvoir compter sur des amis, des amis géniaux, on leur faisait confiance ! Elle aurait dû leur parler, leur confier ses craintes et ses doutes, au lieu de se complaire dans sa culpabilité et de se renfermer sur elle-même. Tout ce temps perdu à fuir la réalité ! Elle avait combattu son chevalier de brume, de toutes ses forces. Il était même à deux doigts de se désintégrer quand elle avait refait surface, dans la grotte. En refusant d'assumer ce qu'elle était, Violaine avait failli perdre son double astral et se transformer en... en chose. Comme Agustin.

Elle frissonna. C'était la première fois qu'elle tuait un dragon. Dans le cas de ce fou dangereux d'Agustin, elle n'avait pas eu le choix, elle le savait bien. Mais c'était une expérience éprouvante. Elle espérait bien ne plus jamais avoir à le refaire.

– J'ai une question, dit encore Claire. Comment est-ce que tu t'es... réveillée, tout à l'heure ? Il s'est passé quelque chose de particulier ?

– Oui, répondit Violaine songeuse. C'est la présence de

Clarence, dans la grotte. Je l'ai sentie, bien avant qu'il parle. C'est lui, l'homme sans dragon, qui a provoqué un choc chez moi. Une vraie décharge électrique, même !

– Vous êtes opposés et liés, comme le positif et le négatif en électricité, ou le yin et le yang, dit Claire. Oui, c'est la bonne explication.

– En tout cas, il m'a sauvé la vie, constata Violaine. Même sans le vouloir. Un jour de plus et je terminais comme… comme Agustin.

– À propos de vie sauve, demanda Nicolas, vous pensez que c'est Clarence, l'homme mystérieux de l'aéroport ?

– C'est très possible, reconnut Arthur. Il est bien venu à notre secours dans la grotte, tout à l'heure. On n'a pas tant d'amis que ça !

– Ami, ami, tu y vas fort, grogna Nicolas. Il nous a quand même traqués pendant des jours, dans la Drôme, avec sa meute de chiens enragés !

– On était à sa merci au mont Aiguille, rappela Violaine. Il nous a laissés partir. Il a même dit qu'il aimait bien l'idée qu'on fasse partie de sa vie.

– J'aimerais autant qu'ils se soient tous entre-tués, dit rageusement Nicolas. Bon débarras !

« Et moi, j'espère que Clarence est encore vivant », pensa Violaine en croisant les doigts pour conjurer le mauvais sort.

– Les coffres vides, demanda Claire, c'était ceux des Templiers ?

– Les coffres vides ? s'étonna Violaine. C'est vrai, j'ai manqué un épisode !

– Je te raconterai tout plus tard, ne t'inquiète pas, la rassura Claire.

– Les Templiers avaient aménagé cette grotte pour en faire un repaire secret, continua patiemment Arthur. Rappelle-toi, la fameuse forteresse de l'île en forme de chameau que Marco Polo évoque au sujet des Tecpantlaques !

– Ah bon, l'île a une forme de chameau ?

– Peu importe, continua Arthur. C'est dans cette grotte que les archives du Temple ont été cachées. On en a eu la preuve avec les coffres.

– Des coffres vides, se lamenta Nicolas.

– Ils sont vides parce que quelqu'un est venu ici avant nous, répondit Arthur. Tu as vu la porte d'entrée : elle avait été forcée.

– Quelqu'un qui aurait compris avant Goodfellow où il fallait chercher le trésor des Templiers ?

– Sans doute, oui. Ou bien quelqu'un qui aurait découvert cet endroit par hasard et qui…

Arthur s'interrompit tout à coup et poussa une exclamation de surprise.

– Ça va ? s'inquiéta Nicolas.

– Oui, très bien. Ne bougez pas, il faut que je vérifie quelque chose avec Mimic.

Arthur se précipita dans la minuscule cabine de pilotage. Il en revint quelques instants plus tard, la déception inscrite sur le visage.

– Qu'est-ce qui se passe ?

– À l'aller, expliqua le garçon, j'étais dans la cabine avec Mimic et les autres. Mimic a parlé d'un certain Rolf qui connaissait cette crique. Rolf Grierson. C'était un gars du coin, qui pêchait du temps du père de Mimic. Malheureusement, il est mort depuis plus de cinquante ans.

– Tu penses que c'est lui qui aurait pu s'emparer du trésor ? comprit Nicolas.

– Pourquoi pas ? En tout cas, il a pu apprendre quelque chose. Maintenant…

– Il avait des enfants ? demanda Claire.

– Mimic ne lui connaît pas de famille.

– Ça vaut le coup de faire des recherches, annonça Violaine. On pourrait éplucher l'annuaire. Faire un tour au cimetière, aussi. Ce Rolf, il est enterré à Punta Arenas ?

Arthur hocha la tête, maussade. Le spectre d'un retour peu glorieux dans les sous-sols parisiens commençait à s'immiscer dans tous les esprits.

– On est vraiment obligés d'aller au cimetière ? demanda craintivement Claire.

Son intervention dissipa le malaise qu'ils commençaient tous les quatre à ressentir.

– C'est un endroit approprié pour enterrer nos espoirs, non ? répondit Arthur.

– Et c'est à moi qu'on reproche de faire de la poésie ! ironisa Nicolas.

– Si Rolf Grierson a une tombe, des gens s'en occupent peut-être, expliqua Violaine en s'adressant à Claire. Notre marge de manœuvre se réduit à vue d'œil ! C'est une piste à ne pas négliger.

Mes geôliers me demandent parfois si j'ai de la haine pour eux. Mais ils ne la méritent pas. Ils devront se contenter de mon indifférence...

(Extrait de *Considérations intempestives*, par Eduardo Milescu.)

XX.

Sepulcra legere : lire les inscriptions funéraires

Elle était bien. Heureuse, peut-être. Pour la première fois de sa vie elle se sentait protégée, non, elle se sentait… aimée. Elle gigota et les corps qui l'entouraient s'écartèrent délicatement. Une tête énorme se pencha au-dessus d'elle, puis une autre et encore une autre. Elle les regardait dodeliner dans le noir. Elle n'avait pas peur. Ils étaient ses frères, ses sœurs, ses pères, ses mères. Elle tendit la main et caressa d'autres cous. Les dragons feulèrent doucement puis ronronnèrent. Les monstres rampaient et s'étiraient dans la crypte dans de sourds crissements d'écailles. De temps en temps une paire d'ailes brassait l'air humide de la caverne, quelques battements pour faciliter une reptation. Elle aimait cette rencontre du cuir et du vent. En fermant les yeux, elle pouvait s'imaginer en train de voler au-dessus des nuages, cramponnée au cou d'une créature. Elle soupira d'aise…

Violaine se réveilla quand le bateau entra dans le port. Il faisait jour depuis plusieurs heures mais sa fatigue était telle que rien n'aurait pu l'empêcher de dormir. Elle s'étira. Ses amis, eux, étaient déjà sur le pont. Elle ne se le rappelait pas précisément, mais elle avait le souvenir d'un rêve agréable. Elle se sentait bien. Elle se leva et quitta la cabine pour rejoindre les autres, juste à temps pour assister aux manœuvres d'accostage.

Les adieux à Mimic sur le quai furent sobres. Le pêcheur était pressé de retrouver sa femme, certainement très inquiète. Il leur demanda s'ils comptaient aller voir la police et parut soulagé quand ils répondirent par la négative. Ils se serrèrent la main. Puis Mimic, rentrant les épaules pour s'abriter du vent, s'éloigna à grandes enjambées.

– Drôle de bonhomme, dit Arthur. Pas causant mais sympathique.

– Pas très curieux, surtout, rétorqua Nicolas. Moi, à sa place, j'aurais posé des tas de questions ! Des enfants enlevés, une île mystérieuse, des coups de feu, il y a de quoi s'étonner, non ?

– Il y a des gens qui préfèrent éviter les ennuis, dit Claire. En tout cas, il a été vraiment chic avec nous.

– Sans lui, renchérit Violaine, on serait encore à Santa Inés.

Ils restèrent un moment immobiles, comme s'ils avaient du mal à réaliser qu'ils étaient à Punta Arenas. Puis ils pensèrent à leurs affaires, éparpillées plus loin sur le quai. Ils s'y rendirent, fermant leurs blousons jusqu'au col. Le ciel s'était chargé de nuages que le vent poussait devant lui comme un troupeau de moutons. Il faisait froid.

Ils constatèrent sur place que leurs affaires avaient disparu.

– Fichons le camp, proposa Nicolas. J'ai l'impression que les fantômes d'Agustin et de ses sbires traînent dans les parages !

Washington, DC — États-Unis. Rob B. Walker essaya encore une fois de joindre Agustin. Le téléphone sonnait mais personne ne décrochait. La dernière fois qu'ils s'étaient parlé, Agustin était sur le point de s'emparer des « Quatre Fantastiques ». Il se trouvait alors à Punta Arenas, dans le sud du Chili. Autant dire que le général attendait avec impatience des nouvelles du mercenaire ! Mais il se faisait tard. Il décida de rappeler Agustin depuis sa voiture.

Rob B. Walker se leva et prit un dossier sur son bureau. Il avait rassemblé à l'intérieur tout ce qu'il avait appris au sujet des « Quatre Fantastiques ». Des gosses d'apparence ordinaire mais capables de choses extraordinaires. Comme inquiéter le MJ-12. Et lui échapper ! Avec en prime une histoire d'extraterrestres, en liaison avec des mystères lunaires... Pas de quoi dénoncer un complot, non. Mais intéresser les journalistes, ça sûrement !

Il glissa le dossier dans sa mallette, quitta son bureau et appela l'ascenseur pour descendre au parking. À cette heure-ci, la circulation serait fluide dans la capitale.

La petite bande quitta le port et regagna la place centrale, en suivant à rebours l'itinéraire de la veille.

Claire eut le sentiment de jouer dans l'un de ces films où les acteurs reviennent sur leurs pas et leurs actes par la grâce d'un retour rapide. Sauf que là, ce qui était fait était fait. On pouvait toujours défaire un mauvais sort, mais pas changer les événements qu'il avait causés. Elle n'en revenait pas d'avoir crevé l'œil du vampire, dans la grotte. Certes, elle n'était pas elle-même. Elle avait agi sous l'effet d'une très grande colère. Et le vampire était un être ignoble. Mais ça lui ressemblait si peu, cette violence ! Tandis que Violaine... Elle regarda furtivement son amie qui marchait tête baissée sur le trottoir. Ce n'était pas la première fois qu'elle usait de son pouvoir de manière brutale. À la clinique, elle avait fait passer un mauvais quart d'heure au docteur Cluthe. Dans l'église d'Aleyrac, Violaine avait salement amoché l'ogre, l'ami américain de Clarence. Et là, sur la plage de Santa Inés, elle avait carrément réglé son compte au vampire. Elle l'avait même puni d'une manière terrible : en tuant son dragon, son double, en brûlant une partie de son âme. Oui, la puissance de Violaine grandissait, en même temps que ses capacités de destruction...

Ils s'arrêtèrent en chemin dans un magasin qui vendait des articles de sport, et Nicolas put bientôt arborer de splendides lunettes de glacier, nettement moins incongrues que les lunettes de soudeur que Mimic lui avait abandonnées.

– Il faudra que l'on achète des vêtements, dit Violaine. Il reste de l'argent ? J'ai donné à Nicolas tout ce que j'avais pour ses lunettes.

– Arthur m'avait confié la moitié de la cagnotte, répondit Claire. C'était une bonne idée. Les hommes du vampire ne m'ont pas fouillée.

– On reviendra faire du shopping, promit Arthur. Mais si on veut consulter l'annuaire puis aller au cimetière, il ne faut pas perdre de temps.

Ils s'engagèrent sans plus tarder dans la rue Bories. La poste centrale, repérée à leur arrivée, était ouverte, et Arthur y trouva l'annuaire de la ville. Hélas, il n'y avait aucun Grierson à Punta Arenas.

– Il reste la tombe, rappela Violaine pour prévenir les déceptions.

Ils remontèrent en silence l'avenue Bulnes jusqu'au cimetière. Que feraient-ils si Rolf Grierson ne s'y trouvait pas ? Ils préférèrent retarder le moment d'y penser.

– Voilà, dit Arthur en franchissant la porte de l'enceinte, on y est. C'est le troisième cimetière de la ville. Il a été ouvert en 1894.

Les allées étaient larges et couvertes de gravier. Des ifs et des cyprès, taillés avec soin, faisaient ressortir la blancheur des tombes et des mausolées.

Lorsque le ciel était bleu, le contraste devait être saisissant.

– J'avais oublié que je n'aimais pas les cimetières, murmura Claire.

C'était dans un cimetière qu'Agustin l'avait poursuivie la première fois avec sa mitraillette. Elle avait cru sur le moment que les morts sortiraient de terre pour aider le vampire à l'attraper.

– Comment on va faire pour trouver la tombe de Grierson ? demanda Nicolas. Ça a l'air immense !

– Tu as raison, reconnut Arthur. Je crois qu'on ferait mieux d'aller demander de l'aide.

Arthur se dirigea vers la cahute du gardien, située à côté de l'entrée. Il en revint très vite, avec un grand sourire.

– Ce type connaît le cimetière comme sa poche ! Le vieux Grierson est bien enterré là. Suivez-moi...

Claire, Violaine et Nicolas lui emboîtèrent le pas, soulagés.

En cheminant au milieu des tombes, ils passèrent à côté d'un grand mur blanc. Une statue se dressait là, un Indien, métallique, sa nudité seulement voilée par un pagne. Les bras ballants, il semblait attendre. Attendre pour l'éternité, le visage empreint de tristesse. Ses mains étaient usées par les caresses. À ses pieds, des montagnes de fleurs. Autour de lui, des centaines de plaques accrochées au mur, ex-voto offerts en prière ou en remerciement.

– C'est qui ? demanda Claire.

– Je crois que c'est l'Indiecito, le petit Indien, répondit Arthur. C'est une statue qui a été érigée en 1969, à la mémoire des Indiens qui vivaient autrefois en Terre de Feu, avant que les Blancs les fassent disparaître. Marco Polo parle d'eux dans son livre, rappelez-vous : les géants du fameux passage. C'étaient les derniers de leur espèce.

– Et les plaques sur les murs, elles servent à quoi ? s'enquit Nicolas.

– Les gens viennent demander à l'Indiecito de les aider, de plaider leur cause au ciel, répondit encore Arthur. Ils pensent que les souffrances de son peuple lui valent là-bas une place privilégiée.

– C'est émouvant, dit Claire en s'approchant et en caressant elle aussi la main de l'Indiecito.

– On continue ? proposa Violaine.

Arthur hocha la tête et continua de guider le petit groupe au milieu du labyrinthe de tombes. Le garçon s'immobilisa bientôt devant l'une d'elles. Une croix était gravée dans le coin gauche, au-dessus d'un nom et de deux dates.

– « Rolf Grierson, 1888-1952 », déchiffra-t-il. C'est lui.

– Vous avez vu ? dit Nicolas en désignant le splendide bouquet qui ornait la pierre tombale.

– Des fleurs ! s'exclama Claire, ravie. Quelqu'un fleurit sa tombe ! Il possède encore de la famille à Punta Arenas.

– Arthur, tu ne veux pas retourner voir ce gardien qui connaît le cimetière comme sa poche ? suggéra Violaine. Je suis sûre qu'il a beaucoup à nous apprendre…

Le taxi déposa les quatre amis devant une belle maison des faubourgs de Punta Arenas. C'était une construction majestueuse datant des années quarante. Elle étalait un faste artificiel au milieu d'un grand jardin aux allures de parc.

– C'est là, tu es sûre ?

– On verra bien, dit Violaine en agitant la cloche qui pendait devant la grille.

Ils entendirent un bruit de pas sur le gravier et un vieil homme fit son apparition. Il avait le teint buriné, des cheveux blancs coiffés en arrière. Il s'aidait d'une canne pour marcher.

– Vous êtes Alfonso Carrera ? demanda Arthur. Le neveu de Rolf Grierson ?

– C'est moi, répondit-il avec rudesse. Qu'est-ce que vous me…

Il se troubla, comme pris d'un malaise. Derrière la grille, Violaine le fixait d'un regard intense.

– Mais je manque à tous mes devoirs, reprit Alfonso Carrera sur un tout autre ton. *¡ Señoritas, caballeros !* Soyez les bienvenus !

Il ouvrit et s'effaça courtoisement pour les laisser entrer.

– Tu n'as plus besoin de toucher les gens pour amadouer leur dragon, hein ? chuchota Nicolas en passant à côté de Violaine.

Elle acquiesça d'un mouvement de tête avant de le suivre.

Alfonso les fit asseoir dans le salon. Les fenêtres, qui donnaient sur les arbres du parc, laissaient entrer la lumière à flots.

– Puis-je vous offrir à manger ? À boire ?

Arthur fut chargé de transmettre un oui collectif.

– Ça a du bon, le domptage de dragons, se réjouit Nicolas en voyant le vieil homme revenir avec un plateau rempli de chaussons farcis.

– Ce sont des *empanadas* que le boulanger m'a livrées ce matin, dit Alfonso avant de repartir chercher des verres et du jus d'orange en brique. Elles sont toutes fraîches ! Les grosses sont au fromage, les petites à la viande et les moyennes aux fruits de mer.

Arthur fit la traduction. Ils s'empiffrèrent sans vergogne sous le regard bienveillant du Chilien.

– Mangez, mangez, dit-il amusé. J'en ai encore à la cuisine.

Lorsqu'ils furent enfin rassasiés, Arthur ne perdit pas de temps à jouer les diplomates. Leur hôte était, grâce à l'intervention de Violaine, tout à fait réceptif.

– Monsieur Carrera, Rolf était bien votre oncle ?

– Absolument, confirma Alfonso.

Claire, Nicolas et Violaine saisissaient la teneur de la conversation sans qu'Arthur ait besoin de traduire.

– Votre oncle Rolf a découvert un trésor, annonça

Arthur en pesant ses mots. Un trésor caché depuis des siècles sur l'île de Santa Inés.

Le vieil homme se leva, en proie à une violente émotion.

– Vous ne pouvez pas savoir ça ! Je...

Le chevalier chatouilla le mufle du dragon. Le monstre posa sa large tête sur son épaule et commença à ronronner.

– Vous avez raison, dit Alfonso, brusquement radouci, en se rasseyant.

Il poussa un soupir et son regard se perdit dans le vague.

– J'adorais mon oncle, commença-t-il, et c'était réciproque. Il s'est davantage occupé de moi que mes propres parents. Il faut dire qu'il n'a jamais eu d'enfants. C'est pour cela qu'il m'a désigné comme héritier dans son testament. Je ne suis pas un ingrat, vous savez ? Je lui rends régulièrement visite au cimetière.

– Continuez, dit doucement Arthur.

– Je ne sais presque rien ! Seulement qu'un jour, j'avais dix ans environ, mon oncle est revenu très excité de l'une de ses pêches. Il avait découvert quelque chose sur une île du détroit, à l'ouest. Si c'était un trésor, comme vous dites, il l'a vendu très cher. Une partie de cet argent a été utilisée pour faire construire la maison dans laquelle nous nous trouvons. L'autre partie a été placée. Des placements fructueux, qui me permettent de vivre dans l'aisance aujourd'hui.

– Votre oncle est mort en 1952, c'est cela ? demanda Arthur.

– Oui. Il est mort en mer, au cours d'une pêche.

– Il ne vous a jamais dit précisément ce qu'il avait trouvé sur cette île ?

– Jamais. Je crois que cette histoire le mettait mal à l'aise. Mais des années plus tard, en rangeant ses affaires, au grenier, j'ai trouvé des lettres. Elles m'ont surtout éclairé sur les mauvais rapports de mon oncle avec le reste de la famille !

Il eut un petit rire.

– Il y avait également, perdues au milieu des autres, deux lettres en anglais. Je ne parle pas cette langue. Mais je les ai gardées. Vous voulez les voir ?

Violaine, Claire et Nicolas s'agitèrent et firent des signes explicites à leur ami.

– Bien sûr qu'on veut les voir, répondit Arthur avec un sourire radieux.

Alors qu'il quittait hier dans la soirée son bureau de Washington, le général Rob B. Walker a été victime d'un grave accident. Sa voiture a été percutée par un camion dont les freins avaient lâché et le général est mort sur le coup. Les pompiers, arrivés rapidement sur place, ont pu extraire le corps du véhicule avant qu'il ne s'enflamme. C'est une disparition tragique. Officier d'une haute valeur morale, aux états de service impressionnants, il avait été décoré à de nombreuses reprises pour son comportement exemplaire au combat...

(Extrait d'un article paru dans le *Washington Times*, le lendemain de l'équipée à Santa Inés.)

XXI.

Vestigo, are: suivre à la trace, chercher partout

Dois-je me fier à des impressions ? Ce n'est pas ce que je fais d'habitude ! Cependant, il me semble que je me laisse moins submerger par les débordements de mon cerveau. Ou alors qu'il déborde moins, façon de voir les choses. En tout cas, chiffres et singes, lectures et exercices, m'apparaissent moins immédiatement nécessaires. Pourquoi ? En analysant froidement la situation, je suis parvenu à la conclusion suivante : j'aime les responsabilités. J'entends Nicolas d'ici : « Tu débloques, vieux, ça n'a rien à voir ! C'est quoi le lien entre ton cerveau-éponge et les responsabilités, comme tu dis ? » J'aurais du mal à répondre. Comment établir une relation cohérente de cause à effet ? Pourtant, savoir qu'à ma façon je suis responsable de mes amis atténue mes maux de tête. Penser à eux m'empêche de ne penser qu'à moi. Comme une porte vers l'extérieur pour que la pression intérieure retombe. S'oublier pour se retrouver, et si c'était ça ?

Arthur prit les lettres que lui tendait Alfonso.

– Eh bien, soupira ce dernier, c'est l'heure d'aller travailler. Je vérifie chaque jour dans mes comptes l'honnêteté de mon banquier ! Si vous avez besoin de moi, n'hésitez pas à me déranger : mon bureau est à l'étage.

Il s'éloigna en traînant la jambe.

– Merci Violaine, dit Arthur. C'est mieux d'être seuls pour lire ces lettres.

– Mais je n'ai rien fait ! protesta-t-elle. Il est parti de sa propre initiative. Il ne faut pas tout me coller sur le dos, non plus !

– J'avais oublié ton autre problème, dit Claire. Tu es susceptible !

– Moi ! Bien sûr que non, je ne suis pas...

– Bon, intervint Nicolas, on peut laisser Arthur lire les lettres ?

– Voilà, commença Arthur. La première lettre est écrite à la main. C'est en réalité un brouillon, écrit par l'oncle d'Alfonso. Elle date de 1939 et s'adresse à un M. Majestic. Il n'y a pas d'adresse.

– Un brouillon ? s'étonna Nicolas.

– L'anglais de Rolf Grierson n'est pas terrible, il y a beaucoup de ratures. Dans cette lettre, donc...

– Dans ce brouillon ! rappela Nicolas.

– Dans ce brouillon de lettre, corrigea Arthur en soupirant, Rolf Grierson cherche à vendre ce qu'il a récupéré à Santa Inés. Écoutez : « J'ai essayé d'inventorier le contenu des coffres mais j'ai dû renoncer, la plupart des parchemins sont écrits en latin. Beaucoup de documents, heureusement, sont groupés par thèmes et possèdent un titre. Un curé d'ici que je connais bien a traduit ces titres pour moi, sans savoir bien sûr d'où je les tenais. Je joins quelques-uns de ces titres en annexe, pour vous mettre l'eau à la bouche. Un ami m'a affirmé en effet que vous seriez prêt à mettre le prix pour posséder ces documents. Le prix fort. Je suis un homme raisonnable, monsieur Majestic, je suis sûr que nous pourrons nous entendre. » Ensuite, il indique qu'il a pris soin de mettre son trésor à l'abri, et il donne des modalités de paiement.

– C'est tout ?

– C'est tout. La deuxième lettre vient des États-Unis. Elle est tapée à la machine et date de 1952. L'auteur est anonyme. Il y a juste le signe « M9 » à la fin.

– Qu'est-ce qu'elle dit ? demanda Nicolas. Ne nous fais pas languir !

– Elle met Rolf en garde contre une menace. « Je viens de me plonger dans les documents que vous nous avez confiés il y a treize ans. Ce que j'y ai découvert m'a bouleversé. Je suis convaincu que certaines informations doivent être divulguées. J'ai pris mes dispositions. Un journaliste va porter l'affaire sur la place publique. Malheureusement, je crains que mon action, prise contre l'avis des autres, vous mette en danger. Aussi, c'est mon devoir de vous avertir. Prenez garde désormais. Soyez vigilant. M9 »

Ils restèrent silencieux, méditant sur ce qu'ils venaient d'apprendre.

– Pour résumer, dit Arthur, on a la preuve que c'est bien l'oncle d'Alfonso qui a forcé la cachette des Templiers et récupéré le contenu des caisses.

– On sait aussi qu'il a vendu sa prise à un homme qui s'appelle Majestic, intervint Nicolas.

– Un pseudonyme, assura Violaine.

– C'est évident, dit Arthur, et je vais même plus loin : Majestic désigne plusieurs individus, peut-être des Américains puisque la seconde lettre a été postée des États-Unis. Ce mystérieux M9 a eu accès aux documents vendus par Rolf, il dit « nous » et il parle « des autres ».

– S'il y a un M9, proposa Nicolas, il y a certainement un M1, un M2 et ainsi de suite. Ils doivent être au moins neuf !

– C'est tout à fait possible, reconnut Arthur.

– L'oncle d'Alfonso est mort quand, déjà ?

– En 1952… Bon sang, c'est la même date que la lettre ! Drôle de coïncidence.

– C'est facile de provoquer un accident en mer, lâcha Nicolas.

Il y eut un silence.

– Donc, continua Violaine, Rolf récupère les documents, il les vend à des gens qui se font appeler Majestic et il a un accident. Il laisse derrière lui cette maison, de l'argent et deux lettres qui ne nous avancent pas à grand-chose. C'est plutôt décevant, comme conclusion !

– Tu as parlé d'une annexe, non ? demanda Claire en fronçant les sourcils. De titres traduits du latin. Tu sais, quand Rolf évoque les documents récupérés sur Santa Inés...

Arthur retourna la lettre écrite par le vieux Rolf. Quelques lignes, presque indéchiffrables, figuraient au dos.

– Je vais essayer de vous lire ça : « Révélations au sujet des évangiles cachés, Chapitres apocryphes du livre d'Ézéchiel, Les secrets de la divine proportion, L'origine véritable des Bestiaires et autres Livres de Monstres, Les enfants mêlés... »

Ils restèrent stupéfaits.

– « Les enfants mêlés »... lâcha Claire d'une voix étranglée. C'est nous !

– Du calme, tempéra Arthur, essayons de garder la tête froide.

– « Mêlés », répéta Nicolas, mêlés à quoi ? Je ne comprends pas.

– À une histoire de fous, commenta Violaine qui ne voulait pas s'emballer.

– Tu te rends compte ? s'obstina Claire qui tremblait d'émotion. On parle de nous dans ces archives !

– On parle sûrement de nous également dans les « Livres de Monstres », grogna Violaine. Mais comment le savoir ? Les coffres des Templiers sont vides !

Arthur restait pensif. Le croissant de lune gravé sur le coffre à côté du morceau de phrase en latin, dans la grotte de Santa Inés, lui revint immédiatement en mémoire. Il était convaincu à présent de l'existence d'un lien entre la lune et les Templiers.

– Tu en penses quoi ? lui demanda Nicolas.

– La liste évoque le livre d'Ézéchiel, répondit Arthur. C'est le livre d'Ézéchiel qui nous a fait quitter la clinique et nous a lancés dans cette aventure ! Cela fait beaucoup de coïncidences... Je pense que Goodfellow a raison : les archives templières sont reliées au mystère des missions Apollo. Quant à ces « enfants mêlés », c'est troublant...

Il jeta un regard appuyé à Claire.

– C'est troublant, poursuivit-il, mais insuffisant.

– Les mystères s'additionnent, dit Violaine. Franchement, je ne sais pas quoi penser.

– Ces lettres, et surtout cette liste, c'est une nouvelle piste, hasarda Claire.

– Des pistes, des pistes, on en suit depuis le début ! se lamenta Nicolas. À quoi est-ce qu'elles mènent ? À rien !

– Je ne suis pas d'accord, répondit Arthur en se tournant vers son ami. Je crois, moi, que ces pistes mènent à quelque chose. Quand on est partis à la recherche des documents cachés par le Doc, on voulait sauver le Doc, c'est tout. Et puis on a découvert qu'on était bien ensemble, qu'on formait un groupe et qu'on était différents des autres. C'est pour cela, pour comprendre pourquoi on est différents, qu'on a suivi la piste donnée par Goodfellow. Mais c'est toujours par rapport à nous ! C'est ça que j'ai compris, c'est ça que je retire : en suivant ces pistes, on se découvre nous-mêmes. En remontant le passé, on se construit un avenir.

– Bravo Arthur, dit Violaine. C'est, traduit avec des mots, exactement ce que je ressens !

– Alors on continue, asséna Claire d'une voix forte. Il faut aller au bout de la piste, il faut retrouver ces archives !

– Moi je veux savoir ce qui s'est réellement passé sur la lune, ajouta Nicolas.

Tous les quatre vibraient à présent à l'unisson. Les

voies du mystère étaient tortueuses, labyrinthiques, mais ils ne s'en sortaient pour l'instant pas trop mal. Ils ne s'étaient jamais égarés. Ne restait plus qu'à trouver la sortie, et la lumière...

– Je propose de parler de tout ça au Doc, dit Violaine. Même s'il s'inquiète parfois un peu trop pour nous, il a toujours été de bon conseil.

– C'est une très bonne idée, renchérit Arthur.

– D'accord, approuva Claire à son tour.

– Parfait ! dit Nicolas en se frottant les mains. En attendant, si on allait chercher Alfonso pour qu'il nous apporte encore des *empanadas* ?

Clarence se tenait à l'avant du bateau. La mer était plus agitée qu'à l'aller mais il n'en avait cure.

Son bras gauche, immobilisé dans un pansement de fortune, le faisait souffrir. Il avait eu à peine le temps de se jeter au sol pour éviter la rafale lâchée par Agustin, en réponse à son ultimatum. Sa lampe s'était brisée en tombant et un éclat de rocher l'avait touché au bras. Quand il s'était relevé, Agustin avait disparu.

Il n'avait eu aucun mal en revanche à éliminer les deux gorilles. Le premier n'avait pas pensé à se débarrasser de sa torche et avait fait une cible parfaite. L'autre avait déboulé dans la caverne en soufflant comme un bœuf. Il lui avait brisé la nuque.

Puis il avait cherché Agustin dans la grotte. Il avait trouvé la deuxième salle, puis le tunnel derrière la porte dérobée, tout cela sans lampe, ce qui constituait un exploit. Agustin, il l'avait découvert sur la plage. Enfin, ce qui restait d'Agustin. Il avait beau ne pas l'aimer, il avait malgré tout éprouvé un choc. Lequel des quatre gosses l'avait mis dans cet état ? Violaine, sans doute. Clarence avait mentalement remercié le chamane tadjik de l'avoir mis hors de sa portée en défaisant l'écharpe de brume* ! Et puis, par pitié pour Agustin, en souvenir de leur ancienne amitié, il avait mis fin à sa demi-vie...

Il avait ensuite entendu le bruit d'un moteur qui s'éloignait. Les gamins étaient repartis avec le pêcheur réquisitionné par Agustin. Il avait rejoint son propre bateau, dissimulé un peu plus loin. Le vieux marin l'attendait. Il ne pouvait pas faire autrement puisque Clarence avait emporté, en quittant son bord, une pièce du moteur ! De toute façon, son pilote avait refusé de reprendre la mer de nuit, à cause des récifs. Clarence en avait conclu qu'il connaissait la région moins bien que Mimic...

Clarence en avait profité pour retourner dans la grotte, avec une nouvelle lampe. Il avait découvert les coffres poussiéreux. De très vieux coffres, vides depuis longtemps. Il imagina la déception de Violaine et des autres. Qu'est-ce qui se trouvait là de si important qui justifiait les risques qu'ils avaient pris ? Il n'aurait de réponse à ses questions qu'en retrouvant leur trace, ce qui ne serait pas facile. Il avait en effet ramassé la paire de lunettes de Nicolas à l'entrée du tunnel. Son GPS ne lui était plus d'aucune utilité. Il allait devoir imaginer autre chose.

Il se pencha et sortit son ordinateur du sac. Il sentit dans sa poche le téléphone portable récupéré sur le corps d'Agustin. Une fois craqués les codes d'accès, l'appareil se révélerait une source d'informations précieuse !

Il se connecta ensuite sur le réseau satellitaire et rédigea un message au Grand Stratégaire pour lui rendre compte des événements. *In occulto*. Il sourit. L'époque où, enfants, ils s'amusaient, Rudy et lui, à se donner les surnoms de Minos et de Grand Stratégaire lui paraissait terriblement proche ! Clarence profita du message pour demander deux ou trois services au Grand Stratégaire. Son cher grand frère ne lui avait jamais rien refusé...

* voir *Phænomen*, livre 1

Mêler (v. tr.) 1. Unir, mettre ensemble (plusieurs choses différentes), réellement ou par la pensée, de manière à former un tout. 2. Mettre en désordre. 3. Mettre ensemble...

(Dictionnaire *Le Robert*, extrait.)

Conclusio, onis, f. : épilogue

Quelque part dans les montagnes Rocheuses – États-Unis. Des gardes armés et camouflés patrouillaient autour du luxueux chalet planté au milieu d'un sauvage décor de pins. Cent mètres plus loin, sur une vaste plate-forme de béton parfaitement intégrée aux rochers, deux hélicoptères Apache étaient posés, prêts à intervenir.

Derrière les vitres blindées et opacifiées du salon tourné vers la vallée, onze personnes portant un masque blanc siégaient autour d'une table ronde en bois massif.

– Tout d'abord, commença Majestic 1 en se levant, je voudrais saluer le retour parmi nous de Majestic 7. C'est moi qui lui ai demandé de rentrer avant la fin de sa mission. Son avis nous sera utile aujourd'hui.

Des murmures approbateurs circulèrent autour de la table. Majestic 7 se leva et salua l'assemblée.

– Bien, reprit Majestic 1. Avant de passer à l'ordre du jour, je laisse la parole à Majestic 3 qui est en charge de l'opération « Quatre Fantastiques ».

– Je porte sur mes épaules le poids d'un échec désagréable, dit Majestic 3 d'une voix contrite. C'est moi, en effet, qui ai eu l'idée de confier l'aspect pratique de l'opération au général Rob B. Walker, en lui faisant miroiter une place à notre table. Son dossier était pourtant excellent.

– Mais il a échoué, intervint Majestic 1. Que ceci nous serve de leçon, messieurs. Le meilleur dossier du monde ne nous dira jamais quel homme se cache derrière.

– Le dossier Walker est définitivement clos, reprit Majestic 3 en appuyant sur le mot « définitivement ». Mais l'incompétence du général n'est pas seule en cause. Ses hommes, en effet, se sont heurtés sur le terrain à une difficulté non identifiée. Les enfants ont bénéficié à plusieurs reprises de l'aide d'un professionnel inconnu. Jusqu'à présent, l'enquête menée de mon côté n'a débouché sur rien.

– Voilà un point qui mérite toute notre attention, dit Majestic 1, soutenu par de nouveaux murmures. Qu'une force puisse s'opposer à nos projets est une chose. Cela nous est déjà arrivé, et même récemment, asséna-t-il en se tournant vers Majestic 7. Après tout, personne ne peut savoir que nous sommes derrière certains événements. Mais que nous soyons incapables, avec les moyens dont nous disposons, d'identifier cette force, voilà qui est plus inquiétant. Je propose que Majestic 5 s'emploie à régler ce problème.

Un homme de haute stature se leva et inclina le buste devant ses pairs, signifiant qu'il acceptait cet honneur.

– Autre chose, ajouta Majestic 3. Goodfellow s'est une fois de plus envolé dans la nature. Et là encore, impossible de remettre la main dessus. Il bénéficie sans nul doute d'une protection. La même que celle dont disposent les enfants ?

– Nous ne pouvons nous permettre de sous-estimer nos mystérieux adversaires, reconnut Majestic 1 en se tournant vers Majestic 5 qui hocha la tête.

– Walker a pu suivre la trace des enfants jusqu'au Chili, continua Majestic 3. Je sais qu'une interception était prévue mais qu'elle a échoué. Depuis, plus de nouvelles.

Majestic 5 demanda la parole. Sa voix était puissante et grave.

– Vous pensez tous la même chose que moi ? Les enfants seraient-ils partis sur la trace des archives Grierson ?

– Cela semble évident, bien qu'incompréhensible, répondit Majestic 1. Ils n'avaient aucun moyen d'y parvenir, et aucune raison d'y aller.

– Pourtant, ils l'ont fait et ils ont réussi, intervint Majestic 7.

– Et cela n'a aucune importance. Ils n'ont rien pu trouver là-bas. Cela fait longtemps que nos prédécesseurs ont fait le ménage ! Sait-on où se trouvent les enfants en ce moment ?

– Non, avoua Majestic 3. Nous ne savons rien.

– Nous allons tout reprendre de zéro, annonça Majestic 1. Je suggère que Majestic 7 mette ses ressources à la disposition de Majestic 3 sur l'opération « Quatre Fantastiques ».

Majestic 7 se crispa imperceptiblement.

– Si l'assemblée le souhaite...

– Affaire réglée ! Faisons maintenant le point sur notre engagement dans les conflits afghan et irakien...

– Alors ? demandèrent Violaine, Claire et Nicolas à Arthur qui venait de sortir d'une cabine téléphonique à l'angle de la place centrale de Punta Arenas.

– Je suis tombé sur la secrétaire, Melle Vandœuvre. Le Doc s'est absenté il y a deux jours, et ils ne savent pas quand il va revenir.

– Ça n'arrange pas nos affaires, grimaça Violaine. Il nous a peut-être laissé un message sur internet ?

– On va aller vérifier, dit Arthur. J'ai repéré un cybercafé, pas loin.

Ils chargèrent sur leur dos des sacs flambant neufs.

– Alors, on rentre ou pas ? demanda Nicolas en accélérant pour se retrouver à la hauteur de Violaine.

– Je n'en sais rien, avoua la jeune fille. Il faut qu'on en discute.

– Génial ! Un conseil de guerre, comme chez les Indiens !

– Le problème, si on rentre, annonça Arthur, c'est qu'on va se retrouver traqués. Dès l'aéroport, d'ailleurs, puisque nos identités sont certainement éventées. Les types qui nous en veulent ont l'air très décidés, et ce n'est pas la… l'élimination d'Agustin qui va les arrêter.

– Oui, objecta Violaine, mais si on ne rentre pas, on va où ? Je vous rappelle que la piste s'arrête là, à Punta Arenas, avec deux lettres et une liste !

– C'est toujours mieux que la dernière fois, fit remarquer Nicolas. Clarence nous avait tout piqué !

– Pour moi, dit Arthur, c'est évident. La lune et les extraterrestres, Goodfellow et les Templiers, Grierson et le trésor de Santa Inés : tout semble converger vers cet inquiétant Majestic.

– Tu suggères que l'on parte à la recherche de M. Majestic ? demanda Claire qui lui tenait la main.

– Oui, répondit Arthur sans hésiter. Pour trouver des réponses.

– Pour rester en vie aussi, ajouta lugubrement Violaine. On est condamnés à aller de l'avant, vous ne comprenez pas ? Renoncer, ce n'est pas seulement se retrouver à la merci des cinglés qui nous poursuivent. C'est aussi régresser, se retrouver face à nos démons !

Ils frissonnèrent. Violaine disait vrai : on n'arrêtait pas une quête tant qu'elle n'avait pas abouti, sous peine de perdre son âme. Et eux, ils cherchaient encore la leur !

– On se la joue « La Bande des Quatre contre M. Majestic », alors ? conclut Nicolas sans grand enthousiasme.

Les autres hochèrent la tête.

Le soleil était sur le point de se coucher. Perçant les nuages, quatre rayons illuminèrent brièvement l'horizon. Le vent forcit et fit trembler les branches des grands araucarias. Puis le soleil plongea dans l'océan.

Ils parvinrent bientôt devant la vitrine d'un café presque désert. Le froid s'était fait plus vif. Ils entrèrent avec leurs sacs et tirèrent des chaises devant un écran que le serveur, mal rasé et débraillé, vint allumer en chantonnant. La salle était petite mais chaleureuse, décorée avec goût. C'était certainement, plus tard dans la soirée, un lieu de rendez-vous pour la jeunesse de la ville.

– On a un message ? demanda Arthur qui voyait mal à cause des reflets.

– Oui, dit Claire devant le clavier.

– Un message du Doc ?

– Non.

La jeune fille était médusée.

– De qui, alors ? s'impatienta Arthur.

– De Goodfellow, finit-elle par lâcher. C'est un message de Goodfellow ! Il a des choses à nous dire. Il veut nous revoir.

Ils prirent le temps de digérer la nouvelle.

– Comment est-ce qu'il a eu notre adresse électronique ? s'étonna Arthur.

– Peut-être le Doc, hasarda Claire.

– C'est un piège, prévint Nicolas. On veut nous piéger, comme à Londres !

– Ou alors, dit Violaine, Goodfellow veut vraiment nous aider. Il nous a laissé son cahier, non ? C'était une vraie preuve de confiance !

– Il nous donne un rendez-vous ?

– À Santiago, articula Claire. Et il est déjà en route.

Dehors, par-delà les nuages et insensible au vent, la lune en quartier offrait au ciel un mince sourire d'argent.

La récupération des inestimables documents de M. Grierson et les découvertes qu'ils ont générées ont poussé le président Roosevelt, et après lui le président Truman, à créer et consolider, pour les exploiter et les protéger, une structure non officielle portant le nom de MJ-12. Elle est composée de douze membres, les Majestics (en hommage au pseudonyme choisi par notre premier contact), qui se cooptent au sein de l'élite scientifique, politique et militaire du pays. Cette structure est au-dessus des lois et ne doit rendre de comptes qu'au Président lui-même...

(Extrait d'une commémoration du MJ-12 ayant eu lieu en 1949 pour des raisons inconnues.)

suite et fin dans

PHÆNOMEN

livre III

Table

L'auteur

Erik L'Homme est né en 1967 à Grenoble. De son enfance dans la Drôme, où il grandit au contact de la nature, il retire un goût prononcé pour les escapades en tout genre, qu'il partage avec une passion pour les livres. Diplômes universitaires en poche, il part sur les traces des héros de ses lectures, bourlingueurs et poètes, à la conquête de pays lointains. Ses pas l'entraînent vers les montagnes d'Asie centrale, sur la piste de l'homme sauvage, et jusqu'aux Philippines, à la recherche d'un trésor fabuleux. De retour en France, il s'attaque à la rédaction d'une thèse de doctorat d'Histoire et civilisation. Puis il travaille plusieurs années comme journaliste dans le domaine de l'environnement. Maintenant que le succès de ses romans pour la jeunesse lui permet de vivre de sa plume, il partage son temps entre l'écriture, les voyages et les longues marches.

Du même auteur

Aux éditions Gallimard Jeunesse

LE LIVRE DES ÉTOILES

I. *Qadehar le Sorcier*
II. *Le Seigneur Sha*
III. *Le Visage de l'Ombre*

LES MAÎTRES DES BRISANTS

I. *Chien-de-la-lune*
II. *Le Secret des abîmes*

CONTES D'UN ROYAUME PERDU

Illustré par François Place

PHÆNOMEN

Graphisme : Ludovic Dufour
Mise en pages : Aubin Leray

Loi n°49-956 du 16 juillet 1949
sur les publications destinées à la jeunesse

ISBN 978-2-07-061147-8
Numéro d'édition : 148180
Imprimé en France sur les presses
de la Société Nouvelle Firmin-Didot
Dépôt légal : mars 2007
Numéro d'impression : 84008